소설 법정

아름다운 날들

1

아름다운 날들 1

초판 1쇄 발행 2022년 12월 23일

지은이 백금남
펴낸이 정성욱
펴낸곳 이정서재

편집 정성욱
마케팅 정민혁

출판신고 2022년 3월 29일 제 2022-000060호
전화 02)732-2530 | FAX 02)732-2531
이메일 jspoem2002@naver.com

ISBN 979-11-979343-8-4 (04810)

* 이 책의 국립중앙도서관 출판시 도서목록은 서지정보유통시스템 홈페이지(http://seoji.nl.go.kr)와 국가자료공동목록시스템(www.nl.go.kr/kolisnet)에서 이용하실 수 있습니다.
* 잘못된 책은 구입하신 서점에서 바꿔 드립니다.
* 책값은 뒤표지에 있습니다.

— 이정서재는 도서출판 더소울의 문학 브랜드입니다.

소설
법정

아름다운 날들 1

백금남 장편소설

이정
서재

일러두기

1. 이 작품은 법정 스님의 일대기이다. 오랜 세월 수많은 사람을 찾아다닌 결과물로, 그들의 증언과 문헌을 토대로 했다. 이 작품을 쓰는 데 자료를 제공해준 이들을 일일이 밝히지 못함을 유감으로 생각한다.
2. 부득이하게 실명을 사용했다. 혹 누가 되었다면 넓은 마음으로 용서해주기 바란다.
3. 발굴해낸 시 12편과 칼럼 및 기고문 4편, 설화 7편을 실었다. 아직 어디에도 발표되지 않은 습작 시절의 작품과 시인으로서의 데뷔 작품이다.
4. 인용하는 작품은 한문을 한글로 바꾸었을 뿐 어떤 윤문 작업이나 첨삭도 없었다. 습작 당시의 느낌을 그대로 살리려고 원문 그대로 실었으며, 이해를 돕기 위해 그와 함께 등단한 시인들의 시 2편도 함께 실었음을 밝혀둔다.

아!
꽃이 피면 가겠다던 당신!
바람 불어 그 꽃잎 지면
다시 오겠다던 당신!

작가의 말

언제였던가, 내가 처음 그분에 대한 글을 쓰던 날이. 시작할 때 눈이 왔었다. 아주 철 늦은 눈이.

작품을 마치던 날도 눈이 왔다. 아주 철 늦은 눈이.

평소에 존경하던 이의 떠나는 모습을 보았다. 무소유를 실천하던 한 선각자의 마지막 모습이었다. 연꽃으로 장식한 관도 없었다. 수의도 없고, 조사도 없고, 행장도 없었다. 평소 입던 가사로 동여맨 법구法軀만 대나무 평상에 덩그러니 놓여 있을 뿐이었다. 그의 법구는 이내 숯 더미에 올려지고, 그 위에 장작이 쌓였다. 그리고 한 줌의 재가 되었다.

그 재는 그가 살던 강원도 산골 오두막 꽃밭에 뿌려졌다.

그날 나는 어두운 방 한구석에 우두커니 앉아 있었다. 인간이라는 존재. 나라는 존재. 무엇을 사랑했을까 싶었다. 오랜 세월 무엇을 사랑했을까 싶었다.

누군가 나에게 와서 물었다. 한국 현대 불교계에서 가장 존경하는 스님을 꼽으라고 한다면 누굴 꼽겠느냐고.

나는 서슴없이 대답했다. 한국 불교의 양대 산맥인 성철 스님과 법정 스님이라고.

그가 어째서냐고 물었다.

나는 대답했다. 한 분은 선승으로서 큰 족적을 남겼고, 한 분은 부처님의 말씀을 오늘의 언어로 그려내 불교를 널리 선양했기 때문이라고.

그렇게 나의 의식에는 법정 스님이란 존재가 언제나 가득 차 있었다.

그러했기에 한 줄의 자료를 찾아 천 리를 마다하지 않았고 수많은 밤을 뜬눈으로 지새웠다. 그 과정에서 그가 쓴 몇 편의 시와 산문을 발굴해낸 것은 참으로 감격스러운 일이 아닐 수 없었다. 무엇보다 한 인간의 행로를 되짚어볼 수 있었다는 것이 크나큰 행운이었다.

행운이라고 하지만 막연히 그의 미공개 글을 찾아냈다는 그런 의미가 아니다. 무슨 인연인지 모르겠으나, 그의 글들을 찾다 보니 오래 전 그의 습작기 글들을 발견할 수 있었고, 그의 데뷔 작품과 진정한 글쟁이로서의 변천적 자료들을 입수할 수 있었다. 습작기 시절에 쓴 일곱 편의 설화를 만난 것은 참으로 감격스러웠다.

무엇보다 시인으로서의 첫출발 작품인 '독자' 투고를 만날 수 있었으니, 참으로 크나큰 행운이 아닐 수 없다. 찾아낸 글 대부분이 본격적으로 집필 활동을 하기 전 초기 작품들이라 그 의미가 더했다.

군사정권의 탄압 아래 1960~1970년대 당시의 열악한 불교 언론계의 현실을 고스란히 느낄 수 있어 더욱 의미가 깊었다. 작가가 가져다주면 윤문 작업 일절 없이 그대로 실을 수밖에 없던 시절, 그 바람에 전혀 편집되지 않은, 심지어 띄어쓰기나 맞춤법조차 고쳐지지 않은 날생선 같은 당신의 초기 작품을 만날 수 있었고, 이로써 법정 이라는 한 인간의 의식이 변천해가는 과정을 그대로 느낄 수 있어서 더욱 뜻 깊은 작업이었다.

지금처럼 작가의 작품에 대해 편집자가 윤문 작업을 했더라면 그의 의식 세계를 고스란히 느낄 수 없었을 것이다. 작가의 의식과 문체를 소중히 여기던 시기였기에 그 세월의 흔적을 만날 수 있었고, 핍박과 탄압 속에서 살아내기 위해 몸부림치던 불교계의 현실을 함께 느낄 수 있어 더욱 그 의미가 깊었다.

어렵게 스님의 글을 발굴해놓고도 앞서 낸 작품에 싣지 못한 글들이라 더 애정이 깊었고, 그래서 어느 것 하나 허술히 할 수 없었다. 습작 시절의 설화 일곱 편('소소산인'이라는 필명으로 발표한 두 편), 독자투고란에 뽑힌 시, 당신이 혼신을 다해 쓴 주옥같은 열두 편의 시(소소산인이라는 필명으로 쓴 시 네 편), 칼럼 한 편, 〈부처님 전상서〉 등을 토씨 하나 고치지 않고 그대로 옮겨 실었다. 불교라는 거대한 울타리 안에서 중생을 향한 그만의 자세, 청빈과 무소유의 삶 위에서 우리를 일깨운 그의 글들이 어떻게 습작기를 거치고 어떻게 세상에 나왔으며 어떻게 오늘에 이르러 정제된 깨끗한 문체로 우리에게 깨우침을 주었는지 새로운 법정, 인간 법정의 참모습을 만날 수 있을 것이다.

나는 확신한다. 그의 글들이 한국문학사에 길이 남을 크나큰 자산임을. 그렇기에 앞으로 그에 대한 본격적 연구도 뒤따라야 할 것이다. 이 작품에서 자연스럽게 구도자로서의 그의 인생과 문학을 만날 수 있도록 한 것도 그 때문이다. 감성적인 글에 길들여진 이들에게는 색다를지 모르지만, 칼럼과 기고문을 자세히 살펴보면 그가 얼마나 이 사회에 대해, 승가에 대해 현실적인 고뇌를 했는지를 온전히 알 수가 있다. 또한 습작기를 벗어나지 못한 그의 글에서는 깨달음의 세계로 안내해보려는 진취적 자세를 느낄 수 있다.

색 바랜 신문지 속에 박혀 있는 그의 글은 그렇기 때문에 매우 순수했고 아름다웠다. 승으로서 자신의 존재와 존재 사이의 거리감에 대한 현저한 사색의 깊이를 마음으로 느낄 수 있었고, 산에 살면서 자연과 하나가 되기 위해 그가 얼마나 몸부림쳤는지 알 수 있었다.

그리고 덧붙일 말이 또 하나 있다. 사실 모든 것을 거두어 간 분이기에 이 개정판을 내야 하나 어째야 하나 많이 망설였다. 하지만 그분의 인생을 이왕 소설로 재현하려면 오롯이 해야 한다는 생각이 들었고 그렇게 밝히자고 뜻을 모았다.

그분이 돌아가시고 나서 이상한 글들이 나타나기 시작했다. 정확하지도 않은 헛소문이다.

법정 스님 고향 분들과 당신의 친가, 외사촌 형 되는 홍형덕 씨 등을 만났고 그들에게서 저간의 사정을 더욱 상세히 들을 수 있었다.

그분들의 증언이 이번 개정판에 많은 도움이 되었다. 바로잡아야 할 것은 바로잡았으며, 그렇게 소설에서 모두

풀었다. 끝으로 법정 스님의 문중은 밀양 박씨 수민공파로서 명망 있는 가문인 것을 확인했으며 법적인 어떤 의혹도 발견할 수 없었다. 확인해보지도 않고 사실인양 해버린 글들에 대해 더 거론할 필요성조차 느끼지 않는다.

이제 그분이 가신 지도 12년이 넘었다.

어느 날 그분이 내게 와 물었다.

나는 모두 버렸는데 왜 나를 가지려 하느냐.

내가 대답했다.

스님은 왜 살아 중생을 가지셨습니까?

왜 그들의 마음을 훔치고 그들의 가슴속에 들어앉았습니까?

그래서 거두어 간 것이 아닌가.

그 거두어 감의 세계를 바로 쓰려는 것입니다.

결국 이런 모양새를 얻고 말았지만 후회는 없다. 무서울 것도 없다. 나는 그를 그렸고, 그의 전설은 이제 바람이 되어 흩어질 것이다.

2022년 11월

백금남

차례

프롤로그

자야子夜라는 여인이 있었다. 우리나라에서 둘째가라면 서러워할 대원각 요정의 주인이었다. 천재 시인 백석과 사랑하다 헤어진 뒤 곡절 많게 살아온 여인은, 어느 날 《무소유》라는 글을 읽고 그 글을 쓴 스님에게 대원각 요정을 조건 없이 내놓겠다고 했다. 대지가 무려 7천 평이나 되는 엄청난 재산이었다.

스님은 머리를 내저었다. 그녀의 비원悲願이 가슴에 와 닿았지만 받지 않겠다는 것이었다.

여인은 음기가 서린 그 땅에 부처님의 법음이 울려 퍼지게 해달라고 꼭 10년을 졸랐다. 뒤늦게야 스님은 깨닫는 바가 있어, 그곳을 맑고 향기롭게 살아가는 사람들의 전당으로 만들었다. 스님은 자신의 방 하나 갖지 않았다.

한 지인이 그가 홀로 사는 오두막으로 와서 물었다.

"왜 그 좋은 곳을 두고 여기서 지내시오? 외롭지 않소?"

"승이란 본시 외로움을 먹고 사는 사람이외다."

"비정하구려."

"속세를 버리고 산속으로 들어온 승이 비정하지 않고 어찌 진리를 보리이까. 하지만 나는 그대가 벗하지 못하는 자연과 손잡고 그들 속에서 나를 느낀다오."

"무섭구려, 그대의 신심이. 그런데 다른 이들은 그 나이면 상좌를 몇씩이나 두는데 왜 상좌를 받지 않는 거요?"

"석가모니 부처님은 쉰다섯이 넘어서야 상좌를 보았는데 어찌 내가 그 전에 상좌를 보겠소이까."

그는 정말 쉰다섯이 넘어서야 상좌를 보았다. 다시 지인이 와서 물었다.

"부처님은 여든 살까지 살다 가셨는데, 그럼 그대는 여든 살 전에 세상을 버리시겠구려."

그는 희미하게 웃다가 이렇게 말했다.

"나는 부처님보다 오래 살 마음이 없다오. 그 전에 갈 터이니."

그는 정말 여든 살을 넘기지 않고 79세에 세상을 버렸다. 어떤 이들은 그가 도심道心이 깊어 여든 살 이전에 가리라는 걸 알고 있었다고 했고, 어떤 이들은 어쩌다 보니 그렇게 맞아 들어간 것이라고 했다.

마지막은 예사롭지 않았다. 그는 제자에게 이렇게 말했다.

"지금 내 소원이 무엇인지 아느냐. 하루빨리 불타는 장작 위로 올라가는 것이야."

철저하게 무소유를 지향하던 그는 그 무소유조차 놓아버리고 입적하면서 이렇게 유언했다.

"장례식을 하지 마라. 수의도 필요 없다. 입은 옷 그대로 평소 쓰던 대나무 평상 위에 내 몸을 올리고 다비해라. 사리를 찾지 마라. 재는 강원도 오두막의 꽃밭에 뿌려라."

그렇게 말하고 그는 지나온 세월을 회상하듯 먼 산을 바라보았다. 바람이 불어와 그의 옷깃을 흔들었다. 그의 눈에 지나온 세월이 그림처럼 떠올랐다.

1장

영혼이 영글 무렵

이상한 다비식

언제나 산의 품은 넉넉하고 깊다. 어머니의 품속처럼 인자하고 자애롭다. 결 좋은 바람. 그 바람이 감도는 산봉우리. 그 봉우리 자락마다 서럽도록 아름다운 꽃이 핀다. 사랑하는 이를 그리다 흘리는 객혈처럼 붉디붉은 단풍이 물든다. 피고 진다. 우리 인생처럼. 그 어디쯤 유서 깊은 암자가 어머니의 품에 안기듯 안겨 있다. 산은 그 암자를 보듬어 안고 세월을 난다.

언제나 청량한 기운이 감도는 곳. 산새가, 나그네가, 바람이, 눈비가 쉬어 가는 곳. 세상사 지친 일상을 숲길에 맡기고 눈을 감으면 들려오는 새소리, 바람 소리, 흘러가는 물소리. 그 소리를 따라가면 그 승僧이 있다. 그의 그림자가 오늘도 우리를 반긴다. 그와 마주 앉으면 무서울 것이 없다. 그가 따라주는 차 향내에 취하다 보면 그곳이 바로 극락임을 느낄 수 있다. 지친 삶의 일상을 내려놓고 그와 하룻밤을 보내면 그의 전설은 우리의 가슴을 밟고 간다.

때로는 사나운 바람처럼, 때로는 결 좋은 바람처럼…….

1930년대, 전남 해남군 문내면 선두리 431번지.

가을이 깊어지면서 마을 뒷산이 단풍으로 물들었다. 마을 앞으로 펼쳐진 푸른 바닷물 속에 바위산의 홍엽이 꽃을 피웠다. 해변가의 가을 해는 짧은 법이다. 벌써부터 겨울을 예감하듯 귓가를 스치는 해풍이 차다.

재철은 눈을 뜨기가 무섭게 후다닥 아버지 방문부터 열었다. 어느새 아침 햇살이 창호지를 물들이고 있었다. 이상하게 다른 날과는 달랐다. 병이 나 배도 못 타고 피를 내뱉으며 누워만 있던 아버지가 벌써 일어나 있었다. 아버지는 하품을 하며 들여다보는 재철을 힐끗 보고는 부엌으로 난 문을 열더니 무엇에 홀린 것처럼 어머니에게 물을 데워달라고 했다. 어머니는 아버지가 아침부터 왜 그러는지 알고 있는 것 같았다.

"참말로 거길 가겠다는 것이오, 시방?"

부엌에서 어머니의 말소리가 들려왔다.

"아, 물이나 데워달라니께."

"깔다구 구신에 홀린 것도 아니고……. 오메, 나가 미쳐 부린당게."

어머니가 구시렁거리며 물을 데워주자 아버지는 세수를 하고 치장을 했다.

"저 몸을 해가지고 어디를 간다는 긴지 정말 모르겠당게요."

어머니가 아궁이로 나뭇가지를 분질러 넣으며 할머니에게 볼멘 소리를 했다.

"나둬라. 괴기나 잡던 사람이 늘 방구석에 누워만 있으니 을매나 갑갑하겄냐. 큰 절 큰스님 다비한다는데 가보고 싶겄지."

아버지가 절에 간다는 소리에 재철은 얼씨구나 하고 아버지 방으로 들어갔다. 평소 할머니나 어머니를 따라 절에 가면 그렇게 좋을 수가 없었다. 울긋불긋 매달린 등이며 법당의 향냄새, 부처님의 부드러운 미소, 그 많은 먹거리…….

"아부지, 절에 가아?"

"큰스님 다비날인데 가봐야지라."

"그럼 나도 갈래."

"뭣이?"

"아부지, 나도 가고 싶당게."

할머니가 들어오다가 그 말을 듣고는 한마디 했다.

"그래. 재철이 데려가면 되겄네."

"아니 저 어린 걸 어째 내가 데려가오. 가다가 다리 아프다며 칭얼대기라도 하믄. 나 자신 없당게요."

"무슨 소리 하노? 다 컸부린 아를. 애늙은이라니께. 나배기라 구랭이가 몇 마리 들어앉았는지 몰러. 벌써 한글을 다 떼었부렀다믄 말 다핸 기지. 을매나 어른스러운지 맹기네 일곱 살 난 홍이가 꼼짝을 못헌당게."

고향이 경상도인 할머니가 전리도 억양과 섞어 하는 말을 들으며 아버지가 쩝 혀를 찼다.

"고마하소. 아무리 새끼가 고와도 그렇지. 자랑이 늘어진다고 얼라가 어른 된다요."

할머니가 뻘쭘해하자 어린 재철이 아버지에게 달라붙었다.

"아부지, 안 운다. 절대 안 운다. 나도 데려가잉."

그때 재철은 모르고 있었다. 그날 본 다비장의 의혹, 그 의혹이 평생 눈을 부라리고 자신을 담금질하리라는 것을.

절이 멀었다. 아버지가 힘에 부친지 기침을 해댔다. 재철도 다리가 아파 돌아갔으면 싶었다. 가도 가도 절은 나타나지 않았다. 그렇다고 못 가겠다고 칭얼댈 수도 없는 일이었다. 그렇게 약속을 하고 나왔으니까. 어린것이 땀을 뻘뻘 흘리며 산을 올랐다. 아버지는 숨이 가빠 더욱 기침을 심하게 해댔다.

"아부지, 피!"

어느 한순간 아버지의 입가에 흘러내리는 피를 보고 재철이 소리쳤다.

나무를 짚고 기침을 해대던 아버지가 입술을 쓸어보다가 주머니에서 손수건을 꺼내 닦았다. 노상 객혈을 하던 참이라 그리 놀라는 표정도 아니었다.

절에 도착하자, 이 나라 사람들이 다 모여든 것 같았다. 해가 중천이었다. 스님의 다비장은 절 뒷산이었다. 신도들이 구름처럼 모여 있었다. 재철도 아버지를 따라 사람들 속으로 파고 들어갔다.

네모난 상자가 보였다. 꼭 사람 하나가 들어가 앉으면 될 것 같은 크기의 상자였다. 스님들이 그 상자 주위를 돌면서 목탁을 치고 요령도 흔들며 염불을 해댔다.

"아부지, 저거 뭐당가?"

재철이 나무상자를 보며 물었다.

"큰스님 관이라 하잖애."

아버지가 말했다.

"관이 뭐랑가?"

재철은 관이라는 말이 이상해서 다시 물었다.

"아야, 사람이 죽으면 넣는 집을 관이라고 한당게."

"그런데 꼭 귀뚜리 집 같아."

그러고 보니 보릿대나 밀짚으로 직사각형으로 만들어 세워놓은 귀뚜리 집을 닮았다.

한동안의 의식이 끝나자 스님들이 미리 땅을 봐놓았는지 새끼줄로 사람들이 들어오지 못하게 금줄을 쳤다. 뒤이어 한 스님이 큰 항아리를 지고 산을 올라왔다. 그가 금줄 안쪽에 항아리를 내려놓자 스님들이 땅을 파기 시작했다. 금방 항아리가 들어갈 정도의 땅이 파졌고 항아리 속으로 짚을 집어넣어 불을 붙였다.

"아부지, 항아리 속에다 와 불을……?"

"소독하는갑다. 깨끗하라고."

재철은 고개를 갸웃했다.

이내 항아리가 입구만 내놓고 땅속으로 들어갔다. 그 사이에도 스님들이 염불을 해댔다.

"항아리 속에다 물을 채워."

늙은 스님이 젊은 스님들에게 말했다.

젊은 스님들이 물을 져다가 항아리에 붓기 시작했다.

"아부지, 와 항아리 속에다 물을 채운당가?"

"에이, 자슥. 가마있어 보랑게."

재철이 아무래도 이상해 고개를 모로 꼬고 있는데 물이 찼다. 그러자 그들은 항아리 위에 방석처럼 생긴 평평하고 두꺼운 돌덩이를 놓았다. 항아리 입구가 돌로 막혔다.

"아부지, 돌덩이 엄청 크다. 와 입구를 막는당가?"

"에이, 자슥. 조댕이 다물어라이."

아버지도 모르겠다는 듯이 고개를 내저으며 말했다.

"돌방석 위에다 관을 놓아라."

다시 늙은 스님이 말했다. 젊은 스님들이 조심스럽게 돌방석 위에 네모진 관을 들어다 놓았다.

"주위에 장작을 쌓아라."

늙은 스님의 말에 젊은 스님들이 관 주위에 장작을 쌓았다. 엄청난 양의 장작이 관을 둘러싸듯 쌓였다. 관 위에도 높이 쌓았다. 스님들은 장작 주위를 볏짚을 엮어 둘러치고, 소쿠리에 가득 담긴 종이 연꽃잎을 일일이 볏짚에 꽂아 연화대를 만들었다.

연화대가 완성되고 잠시 후, 재철은 엄청난 불길을 보았다. 하늘에 무지개가 선 것 같았다. 달집처럼 지어진 불붙은 연화대 한쪽이 보였다. 연화대가 불덩이였다. 연화대가 허물어졌다.

헉!

재철은 너무 놀라 눈을 크게 뜨고 숨을 딱 멈추었다. 허물어져가는 관 속에 사람이 타고 있었다. 분명히 앉아 있는 것 같았다. 사람이었다. 그 속에서 사람이 타고 있었다.

"아부지, 사람이 탄다!"

재철이 소리쳤다.

"큰스님이다."

아버지가 말했다.

"와 사람을 태운당가?"

"죽었잖애."

"죽어?"

죽음에 대한 개념이 어린 것에게 있을 리 없었다. 죽음 하면 먼저 떠오르는 것이 개구리였다. 죽으면 꼼짝하지 않는 것. 윗담 정배 할배가 죽었을 때 꽃가마가 산으로, 산으로 올라갔었다. 사람들이 할배를 땅속에 묻었다고 정배가 징징 울며 돌아다녔다. 그래서 사람이 죽으면 땅에 묻는 것이구나 했다. 냇가에서 놀다가 어쩌다 죽은 개구리를 보면 애들과 같이 묻어주기도 했다. 하루는 개구리를 잡아 불에 그슬어서 먹는 사람들을 보고 할머니에게 말했더니, 너는 그러지 말라고 했다. 살아 있는 생명을 죽이면 안 된다고 했다.

"아부지, 정배 할배처럼 산에 묻으면 되잖애."

"자슥, 말도 많네. 나중에 말해줄 텐게 조댕이 다물어라잉."

아버지는 말 많은 어린 재철을 다잡고 불길 속으로 시선을 던졌다. 그때 스님들의 말소리가 들려왔다.

"그렇게 형평에 맞게 장작을 쌓으라고 했건만, 이쪽이 허해 무너졌잖애. 큰일 났네. 큰스님 가시는 길 바람 들어 어쩔꼬."

불길이 더 거세게 타올랐다. 앉아 있던 사람의 모습이 점차 사라졌다.

어스름이 내려서야 불길이 꺼졌다.

밤공기가 찼지만 이상하게 아버지나 사람들은 집에 갈 생각을 하지 않았다. 그들은 무엇인가를 기다리는 것 같았다.

"아부지, 인자 집에 가장게."

재철이 그러자 아버지가 고개를 내저었다.

"아직 멀었다. 사리는 보고 가야제."

"사리? 사리가 뭔데?"

"공부를 열심히 하면 몸에서 나오는 기 있당게."

"그기 뭐랑가?"

"에헤이, 그런 기 있당게."

아버지가 설명은 못 하고 성질을 냈다.

"그러니까 그게 뭐냔 말이여?"

재철도 지지 않고 물었다.

아버지가 잠시 생각하다가 다비장 가까이 그를 데려갔다.

"봐라이, 저기 아까 항아리를 묻었지잉?"

"응."

"그 항아리 위에 돌판을 놓았잖애?"

"맞아. 봤당게."

"그런데 그 위에 관을 놓고 불을 놓았잖애?"

"그래서?"

"그런데 공부를 많이 한 스님은 내일 아침에 저 돌판을 열어보면 사리가 항아리에 가득하당게."

"사리가?"

"그려."

"사리가 뭔디?"

"하아 참. 공부를 열심히 한 스님은 몸이 보석이 되는디, 그거이 저 돌판을 통해 항아리에 떨어져 쌓인당게."

그제야 말을 알아들은 재철이 어린 마음에도 어이가 없어 크크 웃었다.

"아부지, 어떻게 보물이 돌팍을 뚫고 항아리 속으로 떨어진당가?"

"응?"

아버지가 할 말을 잃고 입을 벌렸다. 어떻게 설명을 해야 할지 생각이 나지 않았기 때문이다.

"암튼 내일 아침 보랑게. 분명히 항아리 속에 보물이 떨어져 있을 테닝게."

"아버진 순 거짓말쟁이야."

어떻게 밤을 보냈는지 몰랐다. 분명히 새벽이었다. 스님들이 다비장으로 몰려왔다. 한결같이 들뜬 모습들이었다. 조용했다. 기대에 찬 얼굴들이었지만 근엄했다. 찬기가 뼛속까지 스며 들어 재철이 잠을 자다가 깼는데, 아버지가 슬슬 다비장 쪽으로 몸을 움직였다. 재철은 아버지의 등에서 졸린 눈을 닦았다. 사람들이 하나둘 다비장으로 모여들었다.

다가온 스님들이 연화대 잔재를 걷어낸 뒤 유골을 소중히 거둬 항아리에 담고 나서 돌을 치웠다. 항아리 입구가 드러났다. 속을 들여다보던 스님들은 하나같이 눈을 크게 뜨고 놀라는 표정을 감추지 못했다.

"사리다!"

누군가 외쳤다.

스님들이 웅성대기 시작했다.

"수십 점은 될 것 같군요!"

한 스님이 독 속을 들여다보며 감격 어린 어조로 말했다.

재철은 어린 마음에도 참 신기하다는 생각이 들었다. 재철은 그때 분명히 보았다.

사리?

저게 뭐당가?

물속에 가라앉은 무엇. 아버지의 말이 맞았다. 보석이었다. 영롱한 보석들이 분명했다.

큰절에 다녀온 뒤로 아버지의 병세는 하루가 다르게 심해졌다.

재철은 가끔 고개를 갸웃대곤 했다. 아무리 생각해도 이해가 되지 않았다. 항아리 속에서 반짝이던 것. 그것이 스님의 몸에서 나왔다고?

며칠 동안 고개를 갸웃갸웃하고 다니다가 동무들에게도 얘기해 봤지만 누구 하나 믿지 않았다.

아버지의 병이 더욱 깊어지자 할머니가 발을 동동거렸다.

"아이고, 그러니까 가지 말라고 안 허대. 그 찬 데서 밤을 새웠으니 어찌 병이 도지지 않고 배길 것인가."

"그래도 큰스님 사리 보았으니, 나 죽으면 극락행은 따 놓은 당상이랑게요. 흐흐흐."

"오메오메 저 넉살, 사람 잡는당게. 가자, 재철아."

할머니의 손을 잡고 선착장으로 향하는 재철의 발걸음이 종종거렸다. 오늘따라 날이 차다. 골목 어시장으로 들어가는 길목에서 종문이 어머니를 만났다. 종문이를 업고 선착장에서 돌아오는 길이었다.

"배 들어왔당가?"

할머니가 먼저 아는 체를 했다. 늘 들으면서도 경상도 억양이 뒤섞인 할머니의 전라도 발음이 이상한지 종문이 어머니가 웃었다.

"야."

"오메오메 수월찮네이."

종문이 어머니가 옆구리에 낀 둥글넓적한 대야 속의 생선을 보면서 할머니가 눈을 크게 떴다.

"내일 밭일도 있고 혀서……."

"그렇잖애도 야 오매가 야글하드만. 내가 인자 애 뒷바라지도 힘에 부친당게. 하루 쟁일 보려믄 몸살이 도져부러."

종문이 어머니를 보내고 할머니는 선착장 쪽으로 종종걸음을 쳤다. 종문이 어머니에게는 요즘 들어 영란이 보기도 힘들다고 했지만, 이 보릿고개에 입에 풀칠이라도 하려면 어쩔 것인가. 며느리가 팅팅 부은 젖을 안듯이 하고 남의 밭일이나 다니는 것이 안쓰럽긴 해도 애들과 먹고 살려면 그 또한 어쩔 수 없는 일이었다.

좁은 갯고랑을 기막히게 기어들 듯 들어와서는 개펄에 닻을 받쳐 놓고 뱃사내들이 멸치를 털고 있었다. 모두 비옷을 입고 모자를 쓰고 두건을 두른 채 힘차게 노래를 부르며 멸치를 털어댔다. 5월이 제철인데 벌써부터 멸치잡이를 나간 걸 보면 그들 역시 입에 풀칠하기가 쉽지 않은 모양이었다.

아들이 피를 내뱉으며 죽어가고 있지만 않았어도 지금쯤 형편이 이러하지는 않았을 것이다. 몸이 약해 저들이 끼워주지 않더라도, 먹을 것이 없어 눈을 뒤집고 늘어질 식구들을 그냥 두고 볼 위인이 아니었다. 관솔을 켜켜이 묶어 횃불을 만들고 야밤에라도 배를 타고 나갈 위인이었다. 선두리에서 멀리 떨어진 외등섬으로 나가 섬 주위를 빙빙 돌며 뱃전을 몽둥이로 탕탕 두들기면서, 불빛을 따라 다니는 고기를 잡아다 먹일 위인이었다. 지금도 재철이 할머니는 아들이 혈기왕성할 때 부르던 노랫가락을 잊지 못하고 있다.

어기야 디야 어기야 디야
멜치야 갈치야 날 살려라 날 살려라
너 죽고 날 살려라
어기야 디야 어기야 디야

갈매기들이 날아들어 멸치 살점을 물고 도망가고, 애들은 깨금발로 뛰어다니고, 한바탕 신나게 멸치를 털던 이들이 힘에 부쳐 "에휴" 하며 무너지면 그들이 턴 그 은빛 고기 더미를 함지박에 퍼 담아 오던 때가 언제였는지.

폐에 구멍이 생겨 피를 내뱉으며 죽어가는 큰아들 생각에, 재철이 할머니는 선착장으로 종종걸음을 치면서도 멸치를 터는 후리 소리가 듣기 싫어 귀를 막아버리고 싶은 심정이었다.

싱싱 콧김을 내뿜으며 멸치를 털던 이들이 그물을 놓고 물러나 앉았다. 멸치 터는 일이 원체 힘들어 이삼 분을 넘기지 못하기 때문이다.

땀을 닦던 배꾼 하나가 재철과 할머니를 발견하고는 옆 사람을 향해 입을 열었다.

"저 오는 아 재철이 아이랑가?"

"맞네잉. 지 작은애비 만나러 오는 모양이네. 오메, 근배 때문에 그 인물 좋던 할마씨 폭삭 늙어부렀네. 어제까지만 혀도 머리가 저렇게 쉬지는 않았드라만 소금발이 허옇고롬 내려앉아부렀어야. 내가 이곳에 발붙일 때만 혀도 윗담 김금옥이라면 인물 좋다고 소문이 자자혔는디.”

담배를 말아 혀로 종이에 침을 묻히던 사람이 말했다.

“맞당게. 보자, 내가 몇 살 때인지 모리겄네. 경상도. 맞다! 부산 초량이락 하던가. 거서 시집왔다고 소문이 짜 혔는디. 경상도 사람이 저래 인물이 좋나 하고.”

“쯧쯧, 생활비가 또 떨어진 모양이다.”

“근배도 안됐당게. 깨고락지처럼 늘어졌으니. 소문에 들으니 오늘내일한다드랑게. 지 어밀 닮아 인물이 좋았는디.”

“인물이 밥 멕여준딩가.”

“그렇게 살아볼라고 악다구를 써댔어도…….”

“니미 눈 감으면 인생 그만이지, 뭐 볼 게 있당가.”

그들이 그런 말을 나누는 동안 재철과 할머니는 어느새 재철이 작은아버지가 있는 선착장으로 다가와 있었다.

“작은아부지.”

선미에서 청소를 하던 재철의 작은아버지가 정신없이 비질을 하다가 재철이 부르는 소리에 고개를 돌리고 그들을 돌아보았다. 그는 이내 배에서 내려섰다.

“와 왔소. 보내려고 했는데.”

"야 애비 약값도 간당간당허고……."

"형수는?"

"란이 업고 면사무소에 갔다."

"면사무소에는 와요?"

"란이 출생신고한다고."

"기집아 출생신고 천천히 하면 어때서. 잠시 기다리소."

작은아버지가 배로 올라 선장실 한편에 놓인 앉은뱅이 책상 서랍에서 미리 준비해놓은 돈 봉투를 꺼내 배에서 내려왔다.

"명절이나 돼야지, 영 매상이 없소."

그렇게 말하고 봉투를 할머니에게 건네준 뒤 작은아버지가 재철의 머리를 콩 쥐어박았다.

"크는 게 하루가 다르네."

재철이 웃었다.

"자석, 천상 지 아비랑게. 씨도둑 못한닥 하더만, 그 소리 틀린 기 하나도 없당게."

"가자."

할머니가 후딱 재철의 손을 잡고 돌아섰다. 울컥 올라채는 설움의 찌꺼기 같은 게 그녀의 눈가에 스멀거렸다.

"저녁에 못 가요, 일이 있어서."

그러잖아도 물기가 스멀거리던 그녀의 눈가가 금세 붉게 물들었다. 할머니는 흘러내린 흰머리를 쓸어 올리고 돌아서지도 않은 채 쏘아 붙였다.

"술 처묵을 시간은 있어도 니 성 볼 시간은 없다, 이 말이제? 사람 그라는 거 아이다. 돈 몇 푼에 죽고 살고 할 사이더냐?"

"오메, 뭔 말을 그리 하요?"

"유세 부리지 마라, 약값 좀 보탠다고. 살았을 때 자꾸 만나 손 한번 잡아주면 어데 덧난다더냐. 니 성이 몸 성할 때 니놈에게 어떻게 했냐? 막말로 니가 배라도 갖게 된 게 누구 덕이냐? 그놈 입에서 피 철철 흘리면서도 너 이 배 하나 장만해줄라고 눈 뒤집던 놈이다. 그놈이 자리보전헌다고 죽었다냐, 없어졌다냐?"

"오메오메, 사람 환장하겄네. 그래서 이러는 거 아니요. 나더러 우째란 말이오?"

"알았다 고마."

"참 할마씨 성질 한븐 한심허당게."

"이놈아, 한심헌 것은 네놈 심보여."

걸음을 떼어놓는 할머니의 뒷모습에 찬바람이 묻어났다.

제 형이 오늘내일한다는 걸 알면서도 어쩌면 저리도 매정할까 싶었다. 남도 아니고 형제끼리. 제 형이 폐가 안

좋다는 걸 알던 날 울며불며 얼싸안고 하던 때가 어제 같은데, 긴 병에 효자 없다고 이제는 턱없이 모자란 약값이나 던져주며 생색을 내고 있으니.

생각할수록 작은아들이 괘씸해 김금옥 할머니는 뒤도 돌아보지 않았다.

"에이, 인정머리 없는 놈."

재철이 할머니 손을 잡고 집으로 돌아오는 사이, 면사무소로 간 재철의 어머니 김인엽은 딸 영란의 출생신고를 하고 있었다. 남편이 일어나지 못할 병을 얻어 자리보전하고 누웠다는 소문이 짜한 데 핏덩이를 안고 와 출생신고를 하는 그들이 안됐는지, 면장이 지나가다가 츱 하고 혀를 찼다. 면장은 일본 사람이었다. 그는 박근배를 만난 적이 있었다. 비록 지금은 병을 얻었지만 할 말은 하는 곧은 성품의 사나이였다. 일인 선주들의 횡포가 심해지자 지서를 찾아갔고, 그래도 안 되자 면사무소로 찾아와 그 부당성을 고발했다. 이내 일인 선주들의 사주를 받은 순사들이 그를 잡아가 치도곤을 놓았다.

그가 작성한 연판장 비슷한 글을 보았더니 뜻을 같이하는 사람들의 이름과 지장이 찍혀 있었다. 그 아래 일인 선주들의 횡포를 낱낱이 작성해놓았는데, 문장에 조리가 있고 설득력이 있었다. 비록 나라는 빼앗겼지만 자주성을 잃지 않으려는 사나이의 기개가 엿보였다. 면장으로서는 선주들이 자국민이라 하여 무조건적인 애정을 보일 수 없었다.

아는 순사에게 부탁해 그를 빼주고, 선주들을 설득해 한 발씩 양보하는 것으로 합의를 보았다. 비록 밭뙈기 하나 없이 바다에서 고기를 잡아 먹고살았지만 인근 마을까지 똑똑하다고 소문이 난 사람이었다. 그런데 덜컥 폐병이 들어 피를 토하며 오늘내일한다는 것이다.

바삐 오느라 그랬는지 출생신고에 필요한 준비물을 챙기지 못해 다시 오라 했지만, 가장이 죽고 나서 각박한 세상에 던져질 네 식구를 생각하며 면장은 또다시 츱 하고 혀를 찼다.

원고지와의 인연

“모레가 재철이 입학식인데 옷 한 벌은 사 입혀야 안 되겄나?”

“어데 돈이 있어라우. 묵고 죽을락 해도 그런 돈 없당게요.”

재철이 어머니가 고개를 숙이며 말했다.

“그래도 그냥이야 보낼 수 없제.”

“놉을 돈 품삯도 양식으로 받았는디, 뭘로 산다요?”

“낮에 작은아가 왔다 갔다. 뭔 바람이 불었는지, 내일 재철이 입학식인데 옷이라도 한 벌 해 입히라믄서. 늦까 철이 나는 긴지, 뱃 삯이 좀 불었는지.”

“애비 제삿날도 힘깨나 썼던디 뭔 돈이 있다고. 차라리 그 돈으로 양식이나 사입시다. 있는 옷 빨아 입히믄 되니께요."

할머니가 고개를 내저었다.

"그라는 기 아이다. 죽은 니 서방에게는 천금보다 더 소중한 새끼다."

"누군 아니랑가요."

어머니가 고개를 숙이며 중얼거리듯 말했다. 이내 그녀의 눈이 붉어졌다.

나직이 한숨을 쉬던 할머니가 말했다.

"날이 새면 읍내 시장에 재철이 데리고 다녀오마."

잠결에 재철은 어머니와 할머니의 말을 들었다. 자신도 이제 학교에 간다는 사실이 꿈만 같았다. 아버지가 생각났다. 몇 살 때였는지 모르겠지만, 아버지는 이런 말을 했었다.

"재철아, 할매 말씀 잘 듣고 엄마 말씀 잘 들어라이. 알았지라? 학교에 가믄 공부 열심히 허고……."

그 후로 재철은 아버지를 보지 못했다. 아버지가 땅에 묻히자 그제야 아버지가 죽었다는 생각이 들었다. 그나마 큰스님처럼 불에 태우지 않는 것만도 다행이다 싶었다. 왜 죽으면 땅에 묻느냐고 묻자 할머니가 그랬다.

"땅속 일을 보러 간 기여."

"그럼 땅속 일 다 보믄 온당가?"

"그라제."

그래서 아버지를 기다렸는데, 아버지가 "재철아!" 하고 부르며 금방이라도 나타날 것 같았는데 아버지는 오지 않았다. 죽음이 무엇일까 싶었다. 아버지를 따라가 보았던 불 속의 사람. 아버지를 생각하면 문득문득 불 속의 사람이 떠올랐다. 그 전에는 누가 꿈을 꾸었다고 하면 꿈이 무엇일까 했는데, 어느 날 꿈을 꾸니까 불 속의 사람이 아버지였다. 아버지! 아버지! 부르며 다가가다가 깜짝 놀라 깼는데 꿈이었다. 참 희한하다 싶었다. 그래서 그날의 기억이 잘 잊히지 않았다.

"할매, 아부지 언제 온당가?"

할머니가 재철을 안았다.

"안 잔겨?"

"꿈꿨당게."

"무슨 꿈?"

"아부지 꿈만 꾸믄 막 불에 타고 있당게."

"불에? 무신 불?"

재철은 대답을 하려다가 귀찮아 고개를 내저었다.

"몰러. 할매, 아부지 불에 꼬시른 거는 아이지라?"

아버지가 땅속 일을 보기 위해 땅에 묻히는 걸 보았으

면서도 이상해 그렇게 물었다.

"야가 지금 뭔 소릴 하노?"

"그럼 왜 오지 않는당가? 땅속 일 다 보믄 온다믄서?"

"곧 올 것이다."

"내일 와?"

"그람, 오제. 우리 재철이 학교 들어가는데 올 것이여. 그러니 인자 자자. 내일은 읍내에 나가 할매가 옷도 사주고 우리 재철이 맛나는 것도 사줄 텡게."

"정말?"

"하이고, 내 새끼."

할머니가 엉덩이를 토닥거려주고는 품속에 꼬옥 안았다.

재철의 눈이 휘둥그레졌다. 도로도 넓고 자동차도 많이 다니고, 집들도 크고 사람들도 북적거리고, 거리마다 불긋불긋 꽃처럼 핀 간판들…….

시장통으로 접어들어 할머니가 데려간 곳은 옷 파는 가게였다. 할머니는 그곳에서 재철에게 옷을 사주었다.

"오메오메, 우리 재철이 한 인물 나네이."

"잘 맞네요잉."

주인아주머니가 맞장구를 쳤다.

"좀 작은 거 안 같소?"

"하긴 애들 옷은 좀 큰 걸 입히지라. 하루가 다르게 부쩍부쩍 크니께요. 쬐금 더 큰 거 드리까?"

"그래주소."

조금 큰 옷을 샀다. 큰마음 먹지 않고는 좀처럼 사줄 수 없는 옷이었기에 당장에 딱 맞는 옷보다는 오래 입을 수 있는 옷을 선택한 것이다.

옷을 사면 경품도 있다고 했다. 1등을 뽑으면 사발시계를 준다고 했다. 재철은 신이 났다. 사발시계를 타면 얼마나 좋을까.

그가 뽑은 것은 사발시계가 아닌 원고지 한 묶음이었다. 너무 아쉬웠지만 어쩔 수 없는 일이었다.

그때 재철은 몰랐었다. 자신이 평생 그 원고지를 마주하고 살 줄은.

사발시계는 뽑지 못했지만, 재철은 학교에 갈 때 언제나 책 보따리에 원고지를 넣어 다녔다. 작문 시간에 그 원고지에 글을 쓰는 게 그의 자랑이었다. 반 아이들은 원고지를 보고 "이상하게 생겼당게" 하며 칸칸이 글을 쓸 수 있는 원고지를 가진 재철을 부러워 했다.

선생님도 재철이 글 쓰는 재주가 있다며 머리를 쓰다듬어주었다. 선생님에게 칭찬을 받았다고 얘기하면 할머니는 계란 꾸러미를 챙겨 선생님에게 보냈다. 자취를 하는 선생님이 할머니를 찾아와 고맙다며 인사를 했다. 그럴 때면 재철은 날아갈 것 같았다.

"애가 글을 곧잘 씁니다. 앞으로 좋은 글을 쓰겠어요."

"오메오메, 어쨌든지 잘 가르쳐주이소."

재철은 그래서 더 원고지에 애착이 생긴 것인지도 몰랐다.

밤이면 할머니에게 옛날이야기를 해달라고 졸랐다. 작문 시간에 원고지를 채울 이야기가 할머니 입에서 거미줄처럼 흘러나왔다. 할머니는 이야기 주머니였다. 소금장수 이야기도 해주고, 반딧불이 이야기도 해주었다. 특히 집채만한 호랑이에게 잡아먹힌 소금장수와 숯장수 이야기는 언제 들어도 재미있었다. 호랑이 배 속에 서 만난 두 장사치가 숯불을 피우고 호랑이 목구멍 살을 잘라 구워 먹었다는 이야기였다. 재철은 할머니의 이야기가 너무 신기했다.

"할매, 어떻게 호랑이 속아지에 불을 피운당가? 낭구도 없는디?"

"왜 못 피운당가. 숯을 싼 가마니도 있고 숯도 있는디."

"맞다!"

"그래 두 사람은 소금을 내놓고 숯불을 피운 뒤 즈그들이 밖으로 나갈 때 쉽게 나갈라고 좁은 목구멍 살을 잘랐지 뭐여. 그라고는 맛나게 구워 먹은 기여. 그라니 으떻게 되었겠냐? 속에서 숯쟁이 소금쟁이가 불을 피우고 살을 잘라 먹어대니 말이여. 호랭이는 속이 아파 미치겠거든. 그래서 그만 우엑우엑 토를 하고 만 거여. 숯쟁이와 소금쟁이는 호랭이 고기를 실컷 구워 먹고 밖으로 나올 수 있었지라. 밖으로 나와보니께 호랭이가 어이구 죽겠당게 하믄서 데굴데굴 구르다가 축 늘어져버리거든. 소금장수는 그렇게 혀서 사또님에게 소금을 전하게 되었고, 임금님이 나중에 호랭이를 잡았다는 걸 알고는 후한 상을 주었제."

나중에야 어린 재철은 알 수 있었다. 왜 할머니가 소금장수 이야기를 자주 했는지. 그 후로도 할머니는 이야기를 바꿔가며 해주었다. 소금장수는 언제나 지혜롭게 호랑이를 이겼고 귀신이나 구미호를 골려주었다.

그래서일까. 일인들의 행패가 심해질수록 왠지 소금 장수가 생각났다. 일인 선주 밑에서 일하던 사람이 죄를 뒤집어쓰고 순사들에게 잡혀가도 소금장수가 생각났고, 일인 지주 밑에서 마름질하던 사람이 딸을 빼앗겨도 소금장수가 떠올랐다.

어느 날 동네 사람들이 포구 동쪽에 등대를 세우다가 모두 잡혀 갔다. 그때도 재철은 소금장수를 생각했다. 칼같이 날카로운 돌과 암초 때문에 방향을 잃은 배가 사라지거나 전복되는 일이 잦자 사람들이 포구 한쪽에 돌로 담을 쌓아 올렸는데, 일인들은 그걸 트집 잡았다. 해안은 예로부터 뱃길에 능숙한 사람이 아니면 노를 저을 엄두가 나지 않는 곳이라고 했지만, 일인들은 뭔가 냄새가 난다면서 불순분자들의 소행이라고 했다.

일본 사람들이 등대를 만들던 사람들을 모두 잡아가던 날, 할머니는 옥황상제의 아들과 바다 처녀 이야기를 해주었다. 바다로 나간 아버지를 그리워하는 처녀와 사랑에 빠진 옥황상제의 아들이 하늘로 돌아가지 않자, 화가 난 옥황상제가 아들을 돌아오게 하려고 그 처자를 죽여버렸다고 했다. 어린 재철은 안타까워 어쩔 줄을 몰랐다.

"와, 옥황상제 나쁘다. 옥황상제믄 하늘의 임금 맞지라?"

"그래 맞다."

"그람 아들은 우째 됐당가?"

"그래도 하늘로 돌아가지 않았던겨. 아니, 아부지 옥황상제를 원망하며 그 처녀와 살던 집을 지켰지라. 밤이 되면 반딧불이가 찾아와 아들 주위를 돌아다녔제. 그제야 아들은 처녀가 죽어 반딧불이가 되었다는 것을 알았지뭐여. 처자의 마음을 안 아들은 시상 사람들도 다 그렇게 아플 것이라고 생각허고 그 처자와 살던 집을 등대로 만들었제. 아무것도 보이지 않는 시커먼 밤바다를 훤하니 밝히기 시작한 거여. 그 아들도 나중에 그 등대에서 죽었는디, 사람들은 그래서 그때부텀 등대지기를 개똥벌레라고 부르게 된 기여."

재철이 나중에 사전을 찾아보니, 개똥벌레가 바로 반딧불이였다.

그때 처음 재철은 앞으로 크면 등대지기가 되어야겠다고 생각했다. 어두운 밤바다를 밝히는 등대지기.

초등학교를 졸업하고 상급 학교에 진학했어도 그 결심에는 변함이 없었다. 세상 자체가 바다라는 의식의 변화를 거치면서 그는 자신의 피 속에도 바다가 있다는 생각을 했다. 어두운 자신에게 비로소 눈을 뜨기 시작한 것이다.

별을 보며 화톳불을 가운데 두고 도란도란 할머니가 해주던 이야기를 이제 그는 책에서 찾았다. 책에는 할머니가 해주던 이야기보다 더 재미난 이야기가 수두룩했다. 언제나 재철은 책을 끼고 다녔다. 밥을 먹을 때도 책을 들고 있다가 어머니에게 핀잔을 들을 정도였다.

"체하겄다. 밥 묵을 때만은 책 좀 놓으랑게."

담배가 귀할 때라 할머니의 심부름으로 10리 길을 걸어 담배를 사러 갈 때도 책을 읽었다. 어머니가 기름값이 아깝다며 불을 꺼버리면 달을 의지해 읽었다. 달이 밝지 않으면 반딧불이를 잡아 호박꽃 속에 넣어 위를 묶고 책장 위로 굴려가며 글을 읽었다.

생활은 여전히 궁핍했다. 좋아하는 책을 사려면 점심을 굶고 저녁도 굶어야 했다. 육성회비는 작은아버지가 대주었는데, 목포와 완도 사이를 운항하던 배가 낡아 수리비가 자주 들면서 그나마도 끊기기가 예사였다. 작은아버지에게 육성회비를 받으러 갔다가 돈을 못 받고 돌아오는 날이면 눈물이 쏟아졌다. 그래도 책은 놓지 않았다.

우수영초등학교를 25회로 졸업하고 6년제 목포상업중학교에 들어갔는데, 교육 제도에 따라 중학교와 고등학교로 분리되는 바람에 자연스럽게 목포상고에 진학하게 되었다. 재철이 고등학교에 들어가자, 어머니는 뭐라도 해 학비를 벌어야겠다고 나섰다. 집을 팔고 이 돈 저 돈 모아서 목포 대성동으로 나가 하숙집을 하나 얻었다. 하숙이라도 쳐서 아들을 공부시키려 한 것이다.

목포로 나오는 날, 재철은 할머니 집으로 가고 여덟 살 아래인 사촌동생 성직은 어머니 집으로 와 울었다. 재철은 워낙 할머니를 좋아해 아버지가 돌아가신 후 할머니를 모시고 사는 작은아버지 집에 가서 살다시피 했고, 할머니를 빼앗긴 성직은 어머니 집에서 어머니와 놀았기 때문이다. 목포로 나온 어머니는 하숙을 치기 시작했다. 어머니의 고향은 진도였다. 어머니는 사실 성질이 활달하고 활동적인 사람이었다. 그리고 어릴 때부터 어른들이 부르는 소리를 잘 따라 불러 육자배기를 아주 걸쭉하게 잘 불렀다. 저런 사람이 어떻게 어촌에 처박혀 숨죽이고 살았나 싶을 정도였다.

하숙은 그런대로 잘되었다. 가끔 어머니는 대청에 앉아 육자배기를 부르곤 했다.

어머니는 조실부모하고 오갈 데 없는 어린 계집아이 하나를 잔심부름이라도 시키려고 데리고 있었는데, 어리지만 아주 곰살맞고 상냥하고 예뻤다. 무엇보다 엄마엄마 하면서 어머니에게 정을 붙였다. 어머니 역시 젖도 못 떼고 호적에도 올리지 못한 딸을 잃은 한이 있어 그 아이를 제 딸 보듯 했다.

"하이고, 무슨 인연이지 모르겄당게. 네 이름이 정란이라니. 우리 영란이가 환생했는지 모르겄네."

그러면서 막걸리라도 한잔 걸치고는 소리 한가락을 구성지게 뽑아내면 사람들이 넋을 놓았다. 성격이 싹싹하고 활달해 사람들이 많이 따랐다. 어머니의 노랫가락에 반하지 않는 사람이 없었다.

어느 날 학교에 갔다 온 재철은 이상한 말을 들었다.

"정란이 조거이 진짜 재철이 피붙이 아니여? 저런 여잘 누가 그냥 두었겄어."

"그런 소리 말랑게. 저 여자 비록 남편 죽고 여기 와 하숙이나 치고 있지만 밀양 박씨 수민공파 명망 있는 가문의 대어미여. 그 기가 보통 드센 게 아니랑게."

"그려. 정길이란 자가 양도에서 해초를 따 밀가루 죽을 쑤어 먹고 살다가 살 길이 없으니께 맡기고 간 애여."

그날부터 재철은 어머니에게 노랫가락을 부르지 못하게 했다. 정란이를 눈엣가시처럼 대했다. 그의 갑작스런 패악질에 정란이 가끔 찔끔거렸다.

어머니는 그때마다 역정을 냈다.

"너 왜 그런다냐? 불쌍치도 않냐?"

"불쌍하기는……. 확 내쫓아부시오."

"어째 그래?"

나중에 저간의 사정을 안 어머니가 한숨을 쉬었다.

"오메, 미친놈들. 그래도 그러는 거 아녀. 누가 뭣이라고 혀도 정란이는 내 딸이랑게. 잡것들이 별 시러베 같은 소리 하고 자빠졌네. 휘둘릴 거 없어야. 뭔 사나가 그런 것에 휘둘린당가. 넌 공부나 열심히 혀. 이 어매가 대학이 문제가 아니라 유학까지 시킬 테니께. 두고 보더라고."

재철은 그런 어머니가 보기 싫었다. 다른 남자에게 정

을 줄 어머니가 아니라는 걸 모르지 않았다. 누가 뭐라고 해도 말이 안 되는 소리였다. 물론 어머니도 사람이니 젊은 피를 이기지 못하고 그랬을 수 있지만, 그랬다면 눈치를 못 챘을 리 없었다. 그래도 재철은 사람들의 수군댐이 싫었다. 주말이면 고향인 선두마을로 가 매표소 일을 도왔다. 손님을 실어 나르는 종선의 노를 젓기도 했다. 사촌 동생 성직이 잘 따랐으므로 그와 놀다가 그곳에서 자고 새벽에야 목포로 가곤 했다. 고등학교를 졸업할 때까지 그런 생활이 계속 되었다.

그때 친구가 여럿 있었다. 가장 친한 친구는 박광순이었다.

"야, 너 몇 살이야?"

하루는 박광순이 물었다. 국민학교(초등학교)를 졸업하고 사정상 한 해 쉬고 중학교에 진학했다고 하니까, 자기보다 한 살 위라고 생각했던 모양이다.

나중에 알고 보니 박광순은 1935년생이었다.

"내가 위니까 형이라 불러."

1950년 학제 개편으로 중학교와 고등학교가 분리되었다. 그에 따라 '목포상과 초급대학'으로 승격되었는데, 상업학교 4학년을 마치자 초급대학으로 자연스럽게 진학이 되었다. 1951년이었다.

그때 재철은 이광수의 소설을 좋아하여, 그의 사진을 앉은뱅이 책상 위에 놓아둘 정도였다. 어느 날 어렵게 구한 일본인 니시다 기타로가 쓴 《선善의 연구》라는 책을 읽었다. 읽으면 읽을수록 좋은 책이란 생각이 들어 그때부터 그 책을 끼고 다녔다.

당시 목포에는 노적봉 아래 정혜원이라고 하는 포교당이 있었다. 백양사 목포 말사였다. 그곳 원장이 서옹西翁 스님이라는 분이었다. 그때까지도 아버지를 따라갔다가 본 사리 채취 장면이 잊히지 않은 게 사실이었다. 이상한 일이었다. 다른 기억은 없는데 유독 그 기억이 생생하여 사라지지 않았다. 아버지만 생각하면 불 속의 스님이 생각났고, 그럼 불 속의 스님이 아버지가 되어 타고 있었다. 죽음이 무엇인가를 알고 나서도 그 꿈은 계속되었다. 그래서인지 몰랐다. 불교가 무엇인지도 모르면서 들은 풍월은 있어서, 아버지는 그날 그 스님과 인연이 있어 아들을 데리고 피를 내뱉으며 다비장으로 갔을 테고 그래서 지금도 그 아들은 그런 꿈을 꾸고 있을 것이다, 뭐 그런 식으로 생각했다. 분명 이것이 불교에서 말하는 인연법이다 싶었다.

인연이 이러니저러니 떠들어대다 보니 불교학생회에도 들어가게 되었다. 기회가 되면 원장인 서옹 스님에게 어릴 때 본 사리에 대해 질문을 해봐야겠다고 생각했는데, 어떻게 불교학생회 총무일까지 맡게 되었다.

하루는 서옹 스님이 책을 한 권 주었다.《임제록 연의》라는 책이었다. 솔직히 좀 어려웠다. 좀 더 기초적인 것부터 본격적으로 공부해봐야겠다고 생각하고 서옹 스님을 찾아갔다.

스님은 이미 서울로 올라간 뒤였다. 그 후로 서옹 스님은 내려오지 않았다.

고등학교를 졸업하고 전남대학교 상과대학에 진학했다. 책을 좋아하면서도 상대를 지망한 것은 사실 작은아버지의 영향이 컸다. 상대를 졸업하고 장사꾼이 되어 큰 돈 벌기를 바랐기 때문이었다.

대학은 고등학교와 달랐다. 그렇게 잘되던 하숙이 잘 안 되자 대학 입학금도 작은아버지가 댔다. 하지만 그 뒤로는 알아서 하라며 돌아앉았다. 재철은 애들이라도 가르치려고 했지만 전쟁 중이라 그것도 잘 안 되었다. 한 학기 다니고 나가지 않자 제적이 눈앞이었다.

재철과 친구 박광순이 주축이 되어 만든 푸른별 회원들이 돈을 모아 등록금을 내주었다. 친구들과 어울려 자주 절에 가곤 했다. 목포항 건너편 영암 용당리에 있는 가재절(축성암)이었다. 그러면서도 재철은 학비를 벌기 위해 정혜원에서 잡무를 맡아야 했다.

느닷없이 6·25전쟁이 일어났다. 정혜원 잡무 일도 전쟁이 나면서 끊겼다. 동족끼리 죽이고 죽는 전쟁은 꿈이 아니었다. 죽고 죽이는 살육이 끝없이 자행되었다.

인민군이 밀려오는가 했더니 국군이 북상했다. 낮에는 국군이 와서 인민군에 협조했다며 사람을 끌어다 죽이고, 밤이면 인민군이 와서 국군에 동조했다고 사람을 끌어다 죽였다. 살기 위해 인민군이 오면 인민군 깃발을 흔들고, 국군이 오면 태극기를 흔들었다.

삼팔선이 그어지고 북으로 가지 못한 밤손님들이 찾아들면서 소도 돼지도 남아나지를 않았다. 보리쌀 한 줌이라도 눈에 띄면 가져갔다. 그러고 나면 국군이 와서 소나 돼지, 보리쌀을 빼앗긴 사람들을 잡아다 죽였다. 바로 눈 앞에서 죽는 사람도 보았다.

1953년 여름이 되어서야 1년이나 계속되어온 휴전 회담이 막바지로 접어드는 것 같더니, 삼팔선 일대에서는 남과 북이 좀 더 많은 땅을 확보하기 위해 전투가 더욱 치열하다는 소문이 전해졌다.

1953년 7월 27일에 휴전 협정이 조인되기는 했지만, 여전히 시국은 어지러웠다. 전쟁으로 굶어 죽는 사람이 한둘이 아니었다. 눈이 뒤집혀 제 새끼를 잡아먹었다는 흉흉한 소문도 나돌았다.

"아, 먹을 게 읎다 보니께 젖이 나와야지. 얼라가 굶어 죽으니께 어마이가 미치부렀어. 시어마이가 쑥을 캐다 주니께 그것으로 얼라 죽 쑤어 먹인다고 죽은 얼라를 등그리에 업고시리 솥단지 속을 휘휘 저었는디 포대기 속에 있던 얼라가 고마 솥단지에 빠져버린 거여. 그것도 모리고 어마이는 맛난 죽을 배 터지게 퍼먹고는 젖을 물릴라고 포대기를 풀었는디 얼라가 있어야지. 아이고 내 얼라 어디 갔당가. 시어마이가 와 솥단지를 내려다본께로 얼라가 빠져 있거든. 죽을 퍼먹으면서도 제 새끼가 솥에 빠져 잃어버린 줄을 몰랐으니…. 미치고 환장할 일이제. 대멩천지에 으떻게 이런 일이 있을 수 있당가. 시어마이도 눈을 뒤집고 미치부렀어. 신의 장난이 아니고서야 으떻게 이럴 수 있당가. 세상이 미치부린 기여. 미치부렀당게로."

전쟁은 끝난 것이 아니었다. 여전히 피비린내는 가시지 않았다.

재철은 보았다. 한 핏줄, 같은 이웃끼리 계속해서 총부리를 마주대고 미쳐 날뛰는 모습들을. 재철은 죽고 죽이는 그 소용돌이 속에서 인간 존재에 대한 물음과 마주하지 않을 수 없었다. 사상과 이념이 무엇이기에 같은 형제와 겨레끼리 물고 뜯으며 피를 흘려야 하는지, 그로서는 도무지 이해할 수 없었다. 밤을 새우며 그는 오로지 책을 읽었다. 책에서 그 해답을 찾으려는 듯이. 그러나 해답은 쉬 나오지 않았다.

어떤 친구는 피로 얼룩진 이 땅이 싫다며 밀항이라도 해서 제삼국으로 가고 싶어했다. 바다를 건너가기만 하면 신천지가 열릴 것 같다고 했다. 그런 친구를 위해 주머니를 털어 송별연을 베풀어주기도 했다. 술에 취해 어깨동무를 하고 언젠가는 만날 날이 오리라며 노래를 부르곤 했다.

학교 앞에서 상이군인이 장사를 하고 있었다. 전쟁 중에 다리를 다친 모양이었다. 매우 거동이 불편해 보이는 그는 책을 길바닥에 늘어놓고 팔았다. 전쟁터에 나가 몸을 다쳐서 먹고살 길이 없어지자 학교 앞에 난장을 벌인 것이 분명했다. 학생들에게 책을 팔아 그것으로 살아가는 가난한 노점상이었다.

책이라고 하면 지나치지를 못하는 재철의 발걸음이 그 앞에 멈추었다. 물론 책을 살 돈은 없었다. 한 권을 집어 들고 호기심에 책장을 넘겨보았다. 그때였다. 학생들이 한꺼번에 몰려들었다. 재철은 그들에게 밀려났다. 그 바람에 주인과 간격이 벌어졌다. 순간 책을 갖고 싶다는 소유욕이 치솟았다. 다리가 불편한 사람이니 따라오기 쉽지 않을 테고, 더욱이 몰려든 학생들에게 정신이 팔린 상황이었다. 재철은 그만 책을 슬쩍 가방 속에 집어넣고 말았다. 어떻게 집으로 돌아왔는지 몰랐다. 집으로 와 책을 살펴보니 별 내용도 없는 책이었다. 단지 책에 대한 욕심으로 씻지 못할 죄를 지었던 것이다. 다리나 성한 사람이었으면 모른다. 그랬으면 덜 미안할지도 몰랐다. 전쟁터에 나가 나라를 지키다가 몸을 다치고 먹 고살기 위해 거리로 나온 사람의 책을 훔치다니. 책에 대한 욕심, 그 욕심 때문에 도둑이 된 것이다. 미칠 것만 같았다. 책을 돌려주어야 할 듯 싶어 학교 앞으로 달려갔다. 그러나 이미 책 장수는 떠나고 없었다.

못났다는 생각이 들었다. 남들은 이 땅을 지키기 위해 총부리를 맞대고 피 터지게 싸우는 동안 사내자식이 책 도둑질이나 하고 있으니. 이래가지고 어떻게 이 세상에서 일가를 이룰까 싶었다. 벗어나고 싶었다. 모든 것에서 벗어나고 싶었다. 해답은 결코 책에 있지 않다는 걸 알면서도 책을 훔치는 우까지 범하고 말았다.

고등학교를 다닐 때까지만 해도 그의 꿈은 등대지기였다. 어두운 바닷가, 한 가닥 반짝이는 등대가 되고 싶었다. 대학을 다니면서도 그 꿈은 쉬 잊히지 않았다. 외아들에 대한 어머니의 바람이 그렇게 거세었어도 등대지기가 되리라는 생각은 언제나 그를 붙잡았다.

그런데 이게 뭔가. 전쟁에 의해 자라난 인생에 대한 회의. 결연히 일어서야겠다는 생각이 들었다. 이러다가는 인생에 대한 회의로 책 도둑질이나 하며 살 것 같았다.

그러던 어느 날, 재철은 또 아버지의 꿈을 꾸었다. 한동안 잊고 있던 큰스님과 아버지의 꿈이었다. 역시 그 옛날 아버지를 따라갔던 절, 그 다비장이었다. 불 속에 앉아 있던 사람, 그리고 항아리 속의 사리들.

어쩌다 한 번씩 떠오르는 환영이고 꿈이기는 했지만, 느닷없이 왜 또 그날의 광경이 꿈속에 나타났는지 모를 일이었다. 여느 때처럼 꿈은 계속해서 머릿속을 어지럽혔다. 어릴 때 본 그 광경이 여전히 무의식 속에 잠재해 있었는지도 모르겠다는 생각이 들었다. 그랬으니 고등학교 때까지는 불교가 무엇인지도 모르면서 불교가 이러니저러니 하다가 불교학생회 총무직까지 맡았던 게 아닌가. 대학에 들어온 뒤로는 시들해져 딴 꿈이나 꾸었는데 갑자기 또 그런 꿈을 꾼 것이었다. 꿈은 한동안 그를 사로잡았다.

그러던 어느 날 교정에서 스님을 한 분 만났다. 예전에는 예사로 보았는데 어느 사이에 발걸음이 그에게로 다가가고 있었다. 간밤에 꾼 이상한 꿈 때문이었는지도 모른다. 역시 그 다비장이 보였고 불 속의 스님이 아버지로 변했다. 그런데 이번에는 아버지가 하하 웃으며 불 속에서 부르는 것이었다. 다가가다가 여느 때처럼 꿈에서 깼다. 스님에게 학번을 밝히고, 어디서 오셨는지 물었더니, 서울에서 왔다고 했다. 그와 교정에 앉아 대화를 나누었다. 고등학교 때만 해도 불교에 관심이 있어 학생회에 몸담을 정도였다는 말까지 하게 되었다. 스님의 성품이 그런 말을 나눌 수 있을 정도로 모나지 않고 좋아 보였다.

이 말 저 말 나누다가 사리에 대한 얘기까지 나왔다. 어릴 때 본 큰스님 다비식 광경을 말했더니, 스님이 좀 놀라는 표정을 짓다가 다 듣고 나서 이렇게 말했다.

"어릴 때의 일이 지금까지 생각난다는 말입니까?"

"이상했어요. 다른 일은 기억나지 않아도 늘 그 기억만은 선명했거든요."

"아버지의 꿈 때문이기도 하지만요."

하는 말이 나오려다가 목으로 도로 넘어갔다.

"하기야 그럴 만도 하지요. 아무리 어렸어도 사람이 불에 태워지고 있었으니……. 그분이 바로 내 스승님이십니다."

"예?"

재철이 놀라 자신도 모르게 고함을 질렀다. 스님이 고

개를 끄덕였다.

"그날 거기 나도 있었지요."

"네? 거기 있었다고요?"

"그렇습니다."

"그, 그럼, 지를 본 기억이 없당가요?"

자신도 모르게 사투리가 튀어나왔다. 스님이 웃으며 고개를 내저었다.

"아뇨, 기억에 없군요. 보았다고 해도 그게 언제입니까. 아무튼 대단하네요."

그때부터 스님이 있는 서울 종로구 봉익동 대각사를 출입하기 시작했다. 조금씩 더 깊이 불교를 알아가면서 사리의 개념을 확실히 했다. 부처님은 열반하시고 몸 전체가 사리가 되었으며 그것이 부파불교의 전기를 마련했고 지금도 고승들에게서 사리가 나오고 있다, 뭐 그 정도였다.

"그래도 믿어지지 않는데요. 어떻게 사리가 돌방석을 뚫고 독 속으로 쌓이는지 말입니다."

그러자 스님이 고개를 주억거렸다.

"바로 그것이 불법이지요. 시심마是甚麽?! 이게 무엇인가, 이지요. 진리는 부정의 산맥을 건너고 건너 이윽고 대긍정에 이르지요. 그때 보신 그 광경이 우리나라 사리 채취의 전통적 방법이라고 할 수 있습니다. 그러나 그 누구도 과학적으로 그것을 설명하기란 쉽지 않습니다. 하지만 과학적으로 설명하지 못한다고 해서 진리가 사라지는 것은 아닙니다."

"그것은 저도 동감입니다. 눈에 보이는 것만을 어찌 진실이라고 할 수 있겠습니까. 진실을 규명하는 방법 가운데 실증적 방법론이 있다는 것쯤은 저도 압니다. 과학적 방법으로 어떤 세계든 제대로 설명해낼 수 없다는 걸 전들 왜 모르겠습니까."

"바로 그것입니다. 세상 사람들은 실증주의적 방법론으로 이 세계를 설명하려고 하지요. 그러나 물질이 아닌 정신세계를 다룰 때 실증주의가 내세운 과학적 방법만으로는 그 세계를 제대로 설명하거나 정의할 수 없다는 데 바로 이 문제의 핵심이 있습니다. 지금은 실증적이지 못한 것은 비과학적이라며 매도되고 배척되는 세상이 아니지요. 실증의 눈으로 세계의 겉모습을 그릴 수 있다고 하더라도 사실을 일으키는 근원적이고 본질적인 문제를 보지 못할 뿐더러 그 세계의 내면을 파악해 설명하기는 어렵다는 말이지요. 아니, 하지 못한다는 말입니다."

그러니까 문제는 정신세계의 과학화란 말이었다. 정신세계의 과학화?

그렇다 싶었다. 스님이 준 불경을 읽어가다 보니 비로

소 무엇인가 알 것 같았다. 여기에 자신이 찾던 문제의 핵심이 있을 것 같았다. 더욱이 오대산 월정사 말사인 상원암에 주석하고 있는 방한암이란 스님의 《일생패궐一生敗闕》을 우연히 읽게 되었는데, 세상사에 번민하던 한 인간의 구도 과정과 오도悟道로 이어지는 과정이 참으로 감동적이었다. 그는 조선 불교의 중흥조 경허선사의 제자로서 조선 불교를 지켜내고 있는 상징적 인물이기도 했다.

재철은 점차 결심을 굳혔다. 출가出家였다. 출가하지 않고는 책 도둑질이나 하며 살 것 같다는 절망감이 계속 그를 사로잡았다.

"출가를 하시겠다면 세간의 모든 것은 무용하다는 인식부터가 중요합니다."

"책도 말입니까?" 하는 말이 목 밑까지 차올랐다가 꿀꺽 넘어갔다. 무용하다는 말. 그 속에 모든 것이 들어 있었기 때문이다. 세간의 오욕칠정은 물론이요 더욱이 책은 세간 정보의 산물이다. 그것이 필요 없으니 다 버리고 오라는 말이었다.

달력을 보니 벌써 1955년이 저물고 있었다. 11월 25일이었다.

며칠 전부터 친구 광순에게 출가의 뜻을 비쳤는데, 결국 말리지 못 하겠다는 생각이 들었는지 서울에 있는 친구 둘을 불러 내려 찾아왔다.

"네가 출가를 하겠다고?"

서울서 온 친구들은 그렇게 물으며 씁쓸하게 웃었다. 그럴 줄 알았다는 표정이면서도 하나같이 눈시울을 붉혔다.

"가자. 이제 언제 만날지 모르니 사진이라도 한 장 박아 놔야 안 되겠나."

여덟 명이 사진관으로 가 마지막으로 사진을 찍었다.

사진을 찍고 나와 늘 가던 상해 음식점으로 몰려갔다. 일종의 송별연이었다.

"너 왜 술 안 마시냐?"

재철이 술잔만 멍하니 바라보고 있자 광순이 물었다. 평소에 술을 좋아하던 친구였기 때문이다.

재철은 서글프게 웃기만 했다. 친구들과 헤어지는 것이 서럽지 않았다. 이 세상과의 이별이었다. 아니, 이별이 아니라 세상을 제대로 알기 위해 떠나야 할 길이었다. 두 눈 부릅뜨고 당당히 가고 싶었다. 이별이 아니라고 생각했다. 술에 취해 비틀거리고 싶지 않았다.

"널 이해하려고 해도 이해할 수가 없다. 꼭 책을 봐도 철학책이나 보고 앉았더니 결국에는 중이 되겠다고?"

광순이 술에 취해 횡설수설했다. 끝내 재철만 덩그러니

놓아두고 저들끼리 얼싸안고 울음보를 터트렸다.

"에이, 독한 자식."

그러면서 친구들은 울먹였다.

맨정신으로 집으로 돌아온 재철은 그제야 눈물을 흘리며 산으로 가져갈 보따리를 싸기 시작했다. 가방도 없었다. 그저 보따리에 주섬주섬 쌌다. 옷가지와 양말, 칫솔, 그리고 책이었다.

출가를 결심했는데 자신도 모르게 싼 책을 보고 아차 싶었다. 책을 제자리에 꽂았다. 그러다 빼내 보자기에 쌌다. 그러기를 몇 번이고 반복했다. 책을 가져갈 수 없다는 사실이 믿어지지 않았다. 아끼고 사랑하던 유일한 소유물을 이제 놓아야 한다는 생각에 가슴이 아팠다. 서너 권쯤은 가져도 되지 않을까 싶었다. 다음 날도, 그다음 날도, 틈만 나면 책을 뽑았다가 꽂아놓기를 반복하다가 결국 세 권을 뽑아 짐을 꾸렸다.《선의 연구》와 국내 작가의 수필집 한 권, 또 한 권은 영어사전이었다. 책 몇 권도 놓아버리지 못하는데, 어떻게 스님들은 정든 가솔을 두고 비정하게 출가했을까 싶었다. 그때 재철은 몰랐다. 그 책을 지고 산에 들어가 봐야 시시하고 별 도움이 되지도 않는다는 것을.

출가

어둠이 내리면서 바람이 심상치 않더니 싸락눈이 흩날렸다.

12월이 끝나가면서 추위가 기승을 부렸다.

재철은 싸락눈을 맞으며 샘으로 가 물을 길어 올렸다. 날이 차서 인지 물 낯바닥에 바가지 떨어지는 소리가 청랭했다. 울을 따라 내놓은 화단에서 새벽 공기에 휩싸인 이름 모를 꽃향기가 콧속으로 흘러들었다.

그는 화단 구석 자리로 눈길을 주었다. 붉은 동백이 활짝 꽃잎을 열고 여기저기 피어 있는 게 보였다. 이 늦은 철에 눈이 부실 정도로 화사하게 꽃을 피울 수 있다는 게 믿어지지 않았다.

물독을 채워놓고 재철은 문을 나섰다. 잠시 골목길을 걸어 내려가자 개울이 나타나고 얼음장 밑으로 흘러가는 물살이 눈에 들어왔다.

이제 이 모두가 마지막일 것이다. 하지만 기억 속의 징검돌도 그대로다. 빨랫돌도 그냥 그 자리에 있다. 자신이 이제 떠나 죽어 돌아온다 해도 변한 것은 아무것도 없으리라. 세계는 그대로일 것이다. 바다도 그 바다일 것이다. 갈매기 울음소리가 들리는 선창가도 그 선창가일 것이다.

집으로 돌아오자 방에는 그대로 불이 켜져 있었다. 작은어머니가 위독하다는 말을 듣고 잠시 다니러 온 어머니는 작은어머니 방에서 돌아와 피곤한지 잠이 들어 있었다. 할머니는 여전히 작은어머니 방에 있는 모양이었다. 아들 공부시키느라 허리 펼 날이 없는 어머니의 곱던 손이 갈퀴처럼 변해 있었다. 그런데도 잠든 어머니는 꼭 어린애 같았다. 인색한 봄볕에 일어나는 여린 싹처럼 애달파 보였다.

재철은 살며시 어머니의 손을 잡아 쥐었다. 그리고 울컥 올라채는 슬픔을 억누르며 밖으로 나왔다.

여전히 싸락눈이 내리고 있었다. 그는 섬돌 앞에서 어머니가 있는 방을 바라보았다. 죽창에 비친 초롱불이 자우룩했다. 어머니가 잔기침을 콜록거리며 일어나 앉는 모습이 죽창에 비쳐났다.

재철의 눈에 눈물이 어렸다.

"어머니!"

재철은 그 자리에 무너져 내렸다. 그는 무릎을 꿇은 자세로 방 안의 여인에게 절을 올렸다. 찬바람이 그의 옷깃을 흔들었다.

절을 올리고 난 재철은 눈물을 훔치며 발소리를 죽이고 자리를 떴다.

그는 개울을 끼고 걸었다. 개울물이 청랭했다.

신작로로 나서면서도 재철은 집을 돌아보고 또 돌아보았다. 눈물이 앞을 가렸다. 입술을 씹었다. 바람이 가지 말라는 듯 옷자락을 흔들었다.

재철은 돌아서서 걸었다.

"어머니, 언젠가는 돌아오리다. 이 방황이 끝나는 날 언젠가는 꼭 돌아오리다."

그는 새벽바람을 맞으며 걷고 또 걸었다.

스승 효봉

그 길로 재철은 고등학교 때 다니던 정혜원으로 갔다. 그곳에서 하룻밤을 묵고 서울행 밤기차를 탔다. 고향에서 멀리 떨어진 오대산으로 들어가기 위해서였다.

서울역에 내린 그는 곧바로 봉익동 대각사로 갔다. 그를 본 스님이 빙그레 웃었다. 차를 내오는가 했더니 아침을 내왔다.

상을 물리려는데 스님이 물었다.

"아주 올라온 것입니까?"

"오대산으로 가려고 합니다. 한암 큰스님이 거기 계신다고 해서……."

"월정사 상원암에 계신?"

스님이 다시 물었다.

"예."

스님이 고개를 내저었다.

"아직 모르시는군요. 한암 큰스님, 1951년 3월에 입적하셨습니다."

"예?"

뒤늦게 "아!" 하는 탄성이 터져 나왔다. 어느 날 공양을 짓다가 문득 깨달았다는 한 수행승의 감동스런 글에 너무 깊이 빠져버린 탓에 정작 그분의 생사 여부는 몰랐다는 생각이 그제야 들었다.

"낭패다" 하는 생각이 재철의 머릿속으로 흘러갔다.

"어쩐다……?"

잠시 생각에 잠겼는데, 스님이 말을 이었다.

"선정에 드시어 결가부좌한 자세로 돌아가셨지요. 좌탈입망坐脫立亡한 분들이 한둘이 아닙니다."

"앉으신 채로 돌아가셨단 말입니까?" 재철이 물었다.

"그렇습니다."

"그렇군요!"

문득 어릴 때 본 큰스님의 다비식 모습이 뇌리를 스쳤다. 그분처럼 그렇게 돌아가셨다? 그럴 수가 있다니…….

"생각 같아선 갈 곳이 정해질 때까지 이곳에 있으라고

하고 싶지만 그럴 수도 없고……. 혹시 효봉 큰스님을 아십니까?"

잠시 생각하던 스님이 문득 물었다.

"효봉 스님요?"

"모르십니까?"

"알지요. 만나 뵙진 못했지만, 판사를 하다 스님이 되셨다는?"

스님이 고개를 주억거렸다.

"그렇습니다. 그 큰스님이 마침 선학원에 주석하고 계십니다. 그분에게 한번 가보는 게 어떻겠습니까?"

"그래요?"

"그분이 받아주기만 한다면 군이 월정사까지 갈 필요가 뭐 있겠습니까?"

"선학원이 어디에 있습니까?"

"안국동."

스님은 짧게 대답했다.

재철은 그 길로 안국동에 있는 선학원으로 갔다. 그가 들어서자 지객 스님이 나왔다.

"거사님, 어디서 오셨습니까?"

"먼 곳에서 올라왔습니다. 이곳에 효봉 큰스님이 주석하고 계신다고 해서요."

"그분은 이 선원의 조실 스님이십니다. 왜 그분을 만나려고 하시는지?"

"출가를 하려고 합니다."

지객 스님이 그를 아래위로 한 번 더 훑어보았다. 그는 뒤이어 재철에게 잠시 기다리라 하고는 어디론가 사라졌다.

그사이에 재철은 주위를 둘러보았다. 어쩐지 으스스했다. 수행 하는 곳이니 속가의 집처럼 따뜻한 느낌이야 있으랴마는 온기라고는 느낄 수 없었다. 솔직히 선학원으로 가보라는 스님의 말을 들었을 때 효봉 큰스님이 주석하고 있다고는 했지만 '학원'이란 말이 마음에 걸렸다. '사寺'나 '암庵' 등의 명칭을 사용하지 않고 '학원'이 뭔가 싶었다. 그런데 스님이 고개를 내저었다.

"다 그만한 사연이 있습니다."

"네?"

"선학원이라 명명한 것은 모든 절과 암자가 왜놈들의 사찰령과 사법寺法의 직간접적인 사찰을 받았기 때문이지요. 본말사의 주지 취임까지 총독부의 인가를 받아야 했으니 말입니다."

"그러니까 그들의 간섭이 그만큼 심했다는 말인 것 같은데……."

"심한 정도가 아니었지요. 무슨 행사를 해도 허락을 받아야 하는 마당이고 동산이나 부동산의 변동 사항까지 사찰을 받을 정도였으니까요. 그래서 사나 암이란 명칭을 사용하지 않은 겁니다."

"그렇게 총독부의 통치를 피했다는 말인데, 학원이라고 했다면……?"

그래도 이해가 안 되어 그렇게 묻자 스님은 고개를 끄덕였다.

"일제의 불교 정책에 대항하는 항일 의식의 자연스러운 발로였지요. 그래서 선학원이 창설된 겁니다."

학원이라고 해서 선이나 가르치는 차원이 아니라고 했다. 한국 전통의 선리진작禪理振作과 계율 수호를 널리 선양하기 위해 설립되어, 곡절 끝에 이 나라의 종법 전통 선맥이 선학원을 중심으로 면면히 이어지고 있다고 했다.

"전국 선원의 중심이니 그리로 가십시오. 부처 공부를 제대로 하려면 제격입니다. 내로라하는 고승들이 하나같이 그곳에서 나왔어요. 한때 나도 그곳에서 한국 선불교의 대맥인 경허선사의 법을 이어받은 만공 스님을 모시기도 했으니까요."

재철은 만공 스님이란 말에 멍하니 스님을 쳐다보았다.

만공 스님이 누구인가. 근대 불교 선종의 큰 스승 경허

선사의 상 수제자가 아닌가. 그리고 효봉 스님이라면 바로 그 만공 스님으로부터 선맥을 이은 사람이다. 임석두 스님이 은사이긴 했으나 선맥은 만공 스님으로부터 이어졌다고 불교 서적에 기록된 것을 보았다.

출가를 결심했을 때부터 불교 서적을 가까이하면서 안 사실이었다. 그런데 이 스님도 만공 스님의 제자라는 것이다.

"만공 스님을 아십니까?"

재철이 새삼스럽게 묻자 스님이 빙그레 웃었다.

"알다마다요. 모셨다고 하지 않았습니까."

"나이가 그렇게 되어 보이지 않아서 말입니다."

"내가 동안이라 나이가 들어 보이지 않지만 먹을 만큼은 먹었습니다."

"그래요?" 하는 표정으로 재철은 스님의 얼굴을 새삼스럽게 살폈다. 얼굴이 동그스름한데 머리를 빡빡 깎아서인지 아무리 봐도 그렇게 나이가 들어 보이지 않았다.

"어릴 때였지요. 보자, 1930년대 말쯤 되나? 만공 스님이 충남 예산의 덕숭산 수덕사에 주석하고 계시다가 나를 데리고 선학원으로 잠시 왔지요. 그때 나는 만공 스님을 시봉하던 진성사미였거든요. 아주 어릴 때였지요. 어느 날 사하촌의 짓궂은 나무꾼들을 따라 산에 나무를 하러 갔는데, 나무꾼이 꽤 익살맞은 사람이었던가 봅니다. 재미있는 노래를 가르쳐주겠다고 하면서 나더러 따라 부르라더군요. 나무꾼의 장난에 속아 시키는 대로 '딱따구리 노래'를 배우게 되었지요."

거기까지 말하고는 스님이 갑자기 낮은 목소리로 노래를 흥얼거렸다.

저 산의 딱따구리는
생나무 구멍도 잘 뚫는데
우리 집 멍텅구리는
뚫린 구멍도 못 뚫는구나.

스님이 노래를 끝내고 허허허 웃었다.

"오랜만에 불러보니 잘 불러지지 않네그려."

"이상한 노래군요."

재철이 말했다.

"세상 물정 모를 때였지요. 철없는 진성사미가 노랫말에 담긴 뜻을 알 리 있었겠습니까. 절로 돌아와서도 그 노래를 불러댔으니 말입니다. 그런데 마침 만공 스님이 싱글싱글 웃으며 내게 이러는 겁니다. '이놈아, 그 노래가 그렇게나 좋으냐?' '네, 스님.' '그럼 잊어버리지 말고 자꾸 불러라.' 스승님마저 그러니 얼마나 신이 났겠습니까. 진성사미는 뜻도 모른 채 계속 노래를 부르고 다녔는데, 어느 날 여염집 마님이 아랫것을 데리고 선학원으로 와 스승님을 찾아뵙고는 법문을 청하지 않았겠습니까. 스승님이 법문을 하려다 말고, 오늘은 특별히 좋은 법문이 있으니 잠시 기다리라 하고는 나를 불렀어요."

"스님을요?"

재철이 물었다.

"그래 내가 달려갔더니, '사미야, 오늘은 네가 법문을 해야겠다. 딱따구리 노래를 한번 불러보거라.' 하하하, 얼마나 신이 났던지. 사람들 앞에서 나는 멋지게 노래를 불렀지요. 자, 그러니 어떻게 되었겠습니까. 철없는 사미가 부르는 노래가 아무래도 이상하다고 생각한 여염집 여인들은 고개를 숙이고 어찌할 줄을 모르는데, 나는 그것도 모르고 목청껏 노래를 부르고만 있었으니 말입니다. 노래를 다 부르고 나자 스승님이 말씀하시더만요. '보시오, 바로 이 노래 속에 불교의 핵심이 있소. 마음이 맑은 사람은 이 사미의 노래에서 맑은 것을 얻을 테지만, 마음이 더러운 사람은 추악한 생각을 일으킬 것이오. 진실로 이 법문을 이해하는 이라면 맑고 더럽다는 분별도 일으키지 않을 테니 오로지 우리는 그 세계를 얻으려 이 세상에 온 것이라오.'"

그렇게 말하고 스님은 재철을 지그시 바라보며 말을 이었다.

"자, 그렇게 법문하던 만공 스승의 선맥을 이은 이 시대의 대선사 효봉 스님이 선학원에 있는데 그 먼 월정사까지 갈 필요가 있겠습니까. 한번 가보세요. 가보면 이 땅의 선을 지키려는 선사들의 기백이 느껴질 겝니다. 한국불교를 왜색화하려던 총독 데라우치를 향해 조선 불교에 간섭 말라는 만공의 호통이 들릴 것이고, 맨발로 뛰어나와 그를 반기던 한용운의 기백이 느껴질 겝니다."

선학원.

이런저런 생각을 하고 있는데, 사라졌던 지객 스님이 나타났다.

"따라오십시오."

재철은 지객 스님을 따라갔다. 긴 회랑을 지나 만자창 앞에서 지객 스님이 걸음을 멈추었다.

"조실 스님, 손님을 모시고 왔습니다."

"들어오너라."

안에서 뭉툭한 음성이 흘러나왔다.

지객 스님이 문을 열었다. 재철은 얼핏 방안을 살폈는데, 한 늙은이가 꼿꼿이 허리를 편 채 책상다리를 하고 앉아 있었다.

지객 스님이 먼저 들어가고 재철이 그 뒤를 따랐다. 재철은 넙죽 절을 올렸다.

큰스님에게는 삼배를 올려야 한다고 알고 있던 터라 두 번째 절을 올리려고 하자 늙은 승이 인자한 음성으로 말했다.

"한 번이면 됐네."

재철이 서 있자 늙은 승이 말했다.

"앉으시게."

지객 스님이 방을 나갔다.

"중이 되겠다고?"

재철이 앉기가 무섭게 늙은 승이 물었다.

"예."

재철은 간단히 대답했다.

"고향이 어딘가?"

"목포입니다."

"이름은?"

"성은 박가이옵고 이름은 재철입니다."

"박재철이라? 학교는 다녔는가?"

"목포상고를 나와 전남대학교 상과대학을 3년 다녔습니다."

"흐음, 배울 만큼 배웠구먼. 근데 왜 중이 되려고 하는가?"

"저는 이미 전생에도 출가 수행자였을 것입니다."

"흐음, 왜 그렇게 생각하나?"

"단정적으로 말할 수 있는 것은, 직관적인 인식뿐만 아니라 금생에 제가 익히면서 받아들이는 일들로 미루어 능히 짐작 가능할 듯하기 때문입니다."

늙은 승이 지그시 눈을 감았다. 재철은 더 이상 말을 하지 않았다. 잠시 후 늙은 승이 주지 스님을 불러 말했다.

"이 사람을 데려가 머리를 깎이게."

주지가 재철을 데리고 나갔다.

주지가 그를 데려간 곳은 조실실이었다. 조실 스님이 있던 방이 조실실이 아니었던 모양이었다.

주지는 재철에게 잠시 앉아 있으라 하고 나가더니 잠시 후 두 스님과 함께 들어왔다. 가사와 장삼을 수하고 그들은 재철의 머리를 깎았다. 무명초가 떨어져 나갔다. 그것을 보자 갑자기 왈칵 눈물이 쏟아졌다. 이상한 일이었다. 느닷없이 어머니의 모습이 떠올랐다. 고생하며 아들을 공부시키려고 노력하던 어머니. 그 노랫가락 소리. 오빠 오빠 하고 따르던 정란이도 생각났다. 믿었던 자식이, 믿었던 오빠가 집을 나가버린 걸 알고 절망할 그녀들의 한숨이 손에 잡힐 듯이 느껴졌다.

머리를 깎고 나자 먹물 옷을 내주었다. 머리를 감고 먹물 옷으로 갈아입은 뒤 늙은 스님께 인사를 드렸다. 선뜻 알아보지 못했다. 곁에서 누군가 방금 삭발하고 옷 갈아입은 행자라고 말씀드리자 그제야 허허 웃었다. 그러고는 "구참 같구나!" 했다. 구참이란 '오래된 중'이라는 뜻이었다.

늙은 승이 물었다.

"속가의 이름이 재철이라고 했느냐?"

"예."

늙은 승이 지필묵을 당기더니 흰 화선지에 무슨 글인가를 썼다. 재철이 내려다보니 '法頂'이란 글자였다.

"네 법명이니라. 세상 만물의 이치가 부처의 법에 있나니 그 정수리를 틀어쥔다면 바로 부처가 될 수 있으리라."

"법정……!"

재철은 낮게 부르짖었다. 기분이 훨훨 날아갈 듯했다. 그는 그 길로 밖으로 나가 종로 거리를 돌면서 초발심이란 바로 이런 것이 아닐까 생각했다. 오가는 사람들 속에서 자신은 이제 진리를 찾는 사람이 되었다는 사실이 자부심으로 용솟음쳤다. 어느 사이에 가슴을 슬프게 하던 어머니의 모습은 눈가에서 사라지고 없었다.

무소유 내력

재철, 아니 법정은 얼마 후 통영 미래사로 먼저 내려갔다. 마땅히 스승 효봉을 모셔야 했지만, 행자 생활에 필요한 교육을 받으라고 했기 때문이다. 그가 통영에 있는 사이 조명照明 스님이란 분이 효봉 스님을 모셨다.

종단 정화불사가 일단락되자 미래사로 효봉 스님이 내려왔다. 단풍이 붉게 물드는 시월이었다. 그때부터 법정이 스승을 모셨다. 늙은 승을 모시면서 안 것이지만, 효봉 학눌이란 이름을 가진 그분은 정말 굉장한 스님이었다.

그는 1885년 5월 28일 평안남도 양덕군 쌍룡면 반석리 금성동에서 태어났다. 아버지 이름은 병억, 어머니는 김 씨였다. 어려서부터 신동 소리를 들으며 할아버지 밑에서 사서삼경을 익혔다.

1901년 평안 감사가 베푼 백일장에서 장원급제를 할 정도로 감수성이 뛰어난 아이였다. 평양고등보통학교를 거쳐 1913년 일본 와세다대학 법학부를 졸업하고, 귀국한 뒤 법조계에 투신했다.

그는 우리나라 최초의 판사였다. 서울과 함흥의 지방법원, 평양의 복심법원에서 10년 동안 활동했다. 그러다 잘못된 판결로 한 생명이 죽게 되자 판사 생활을 그만두었다. 판사 생활을 하면서 강심에 배를 띄우고 여인들과 피가 터질 만큼 향락에 젖어 살던 그는 그 사건으로 인생의 허무를 느끼고 새로운 세계를 찾아 나섰다. 엿 판을 짊어지고 철저한 자기 고행의 길로 들어선 것이다. 3년 동안 세상을 떠돌던 그가 만난 분은 석두 스님이었다. 금강산 도인으로 통하던 고승이었는데, 신계사 보운암에 주석하고 있었다.

출가 의사를 밝히자 석두 화상이 물었다.

"어디서 왔는가?"

"유점사에서 왔습니다."

"몇 걸음에 오셨는가?"

효봉은 벌떡 일어나 방을 한 바퀴 빙 돌고 앉으며 대답했다.

"이렇게 왔습지요."

"하하하, 대기로세. 10년 공부한 수좌보다 낫구나."

그길로 석두 화상은 그의 머리를 깎고 5계戒를 주며 원명元明이란 법명을 내렸다. 효봉의 나이 서른여덟이었다. 늦은 출가였다. 그랬기에 그의 용맹정진은 상상을 초월할 정도였다. 행자 생활도 거치지 않은 채 그는 바로 선방으로 들었다.

그는 몸을 눕히지 않았다. 잠도 앉아서 잠시 조는 정도였다. 한 번 선정에 들었다 하면 절구통처럼 일어설 줄을 몰라, 절구통 수좌라 불리기 시작했다. 그의 화두는 '무자無字'였다. 무자 화두란, 어느 날 한 승이 조주 스님에게 "부처님은 개에게도 불성이 있다고 했는데 개에게도 불성이 있습니까?"라고 물었을 때 없다고 한 데서 나온 화두였다. 왜 부처는 있다고 하는데 조주는 없다고 하는가? 효봉은 그 화두를 잡고 하루 종일 자리를 뜨지 않았다.

출가한 지 5년이 지나도록 깨침을 얻지 못하자, 금강산 법기암 뒤에 단칸방을 짓고는, 깨닫기 전에는 죽어도 나오지 않을 것을 결심하고 토굴 안으로 들어갔다. 그때가 1930년 늦은 봄이었다. 1년 동안 하루 한 끼만 먹었다. 물론 눕지도 않았다.

나이 마흔넷 되던 해, 드디어 무자 화두를 깨뜨리고 벽을 차고 뛰쳐나왔다. 그때의 오도송悟道頌은 기가 막힌다.

바다 밑 제비집에 사슴이 알을 낳고 海底燕巢鹿胞卵
타는 불 속 거미집엔 물고기가 차를 달이네 火中蛛室魚煎茶
이 집안 소식 뉘가 알리오 此家消息誰能識
흰 구름 서쪽으로, 달은 동쪽으로 달려가네 白雲西飛月東走

석두 화상은 그의 오도를 바로 인가했다. 효봉이 보살계와 구족계를 받은 것은 그다음이었다. 그의 나이 마흔다섯 되던 1932년 4월 초파일이었다. 유점사에서 동선 화상을 계사로 구족계와 보살계를 받은 것이다.

그 후 설악산의 봉정암, 오대산의 상원사 등에서 한 철씩 났다.

1933년 여름에는 여여원에서 오후불식하며 수행했고, 겨울에는 마하연 선원에서 안거 수행했다. 부처님의 사리가 모셔진 곳이라면 전국 어디든 찾아다녔다. 찾아가 정진하지 않은 적멸보궁이 없을 정도였다.

마침내 1936년 당대의 고승 한암 스님과 만공 스님을 만났다. 효봉 스님은 그들에게 자신의 도를 인가받았다. 당대의 선지식 한암 스님과 만공 스님의 인가를 받는다는 것은 참으로 큰 의미가 있었다. 그 자체로 한국 전통 선맥을 이었다는 뜻이 되기 때문이다. 한암 스님과 만공 스님을 키운 이가 조선 근대 불교의 중흥조 경허 대선사였다.

경허 대선사. 세존하 제75세대요, 임제하 제37세대이며, 태고하 제18세대이고, 청허하 제12세대 손이 곧 경허 선사였다. 그분의 맏제자 만공 스님을 효봉 스님이 만난 것이다.

효봉 스님은 그에게서 무소유의 큰 법을 깨쳤다. 효봉 스님은 지극히 그를 모셨다. 만공 스님에게 이 세상은 하나의 일원상이었다. 공이었다. 그밖에 그 무엇도 없었다. 그가 남긴 것은 하나의 일원상뿐이었다. 효봉 스님을 그 일원상을 가슴에 안고 제방을 옮겨 다니며 정진하다가 또 하나의 선지식을 만났으니, 그가 곧 경허의 선맥을 이은 한암 선사였다.

그는 한암화상에 들었다. 이미 그를 알고 있던 한암 스님은 '포운泡雲'이라는 호를 내렸다. 그럼으로써 효봉 스님은 경허의 선맥을 이은 한암 스님과 만공 스님에게서 공히 인가를 받은 것이다. 만공 스님에게는 덕숭산 정혜사에서 '선옹'이라는 법호와 함께 전법게를 받았으니, 비록 은사승은 임석두 스님이었으나 선맥은 한암 스님과 만공 스님의 뒤를 이은 셈이다.

선맥을 이어받은 효봉 스님은 다시 만행에 나섰다. 바랑 하나 짊어지고 천지를 떠돌다 보니 전쟁이 일어났다. 그때 효봉 스님은 해인사에 주석하고 있었는데, 그곳까지 인민군이 들이닥쳤다. 그때 곁에는 구산, 법흥, 원명, 보성 등의 제자가 있었다. 제자들이 피난을 가자고 했지만 스님은 고개를 내저었다.

유엔군의 인천상륙작전이 감행되고 퇴로를 차단당한 인민군이 산속으로 숨어들어 사찰이나 암자까지도 무사하지 못했다. 제자들이 계속 피난을 가야 한다고 했다. 그래도 효봉 스님은 별일 있겠느냐며 너희나 피하라고 했다.

"스님께서 떠나지 않으시면 저희도 가지 않겠습니다."

제자들이 그렇게 말하자, 효봉 스님은 느닷없이 음매음매 울고 있는 소를 가리켰다.

"저 소를 보아라. 저 소를 두고 어떻게 우리만 피난을 가겠느냐? 나는 여기 남아 저 소 여물이나 쑤어 먹일란다."

제자들은 어이가 없었다.

"지금 죽고 살고 하는 판에 소가 문젭니까?"

그 순간 효봉 스님은 버럭 역정을 냈다.

"야, 이놈들아, 저 소는 농사짓는다고 지난 여름 내내 죽도록 부려먹었잖느냐. 그런데 이제 버리겠다?"

"큰스님, 정 그러시면 저 소를 끌고 가시지요."

"싫다."

"왜 그러십니까?"

"사람도 숨어서 피난을 가야 하는데 소를 끌고 어찌 피난을 갈 수 있단 말이냐. 그러니 나는 이곳에서 소나 돌보면서 가야산을 지킬 것이니 너희나 떠나거라."

그들의 실랑이가 밤까지 이어지는 사이, 패잔병들이 해인사를 습격했다. 몰려온 패잔병들은 소를 보더니 잘됐다며 끌어가려 했다.

효봉 스님이 펄쩍 뛰었다.

"안 된다."

"스님 동무, 무슨 말이오? 조국 통일을 위해 고군분투하는 인민들의 식량으로 쓰겠다는데……."

그래도 가로막고 나서자 총으로 밀어붙였다. 그러고는 소를 끌어가버렸다. 소를 돌보겠다며 절을 떠나지 않았던 효봉 스님은 소가 우리 대신 죽었다며 눈물을 흘렸다.

결국 제자들의 성화에 못 이겨 그제야 피난을 가게 되었고, 부산을 거쳐 배를 타고 해남 대흥사로 가자는데 의견이 모아졌다. 그런데 도중에 뱃멀미를 일으켰다. 워낙 파도가 높아 더 갈 수가 없게 되자 통영에서 내려 쉬기로 했다. 통영 용화산에 있는 도솔암이 마침 비어 있다고 했다.

그들은 도솔암으로 올랐다. 처음에는 눌러앉을 생각이 없었다. 그냥 며칠 쉬었다 갈 요량이었는데, 가서 살아보니 살 만해서 아주 눌러앉기로 했다. 소문을 들은 제자들이 내려왔다. 완산, 경산, 범용, 경운, 탄허, 성수……. 한국 불교계의 거물들이 줄줄이 내려왔다. 그들이 머물면서 통영 도솔암은 한국 불교계의 요람이 되었다. 그러나 한곳에 오래 머물지 못하는 것이 승의 숙명이었다. 전쟁이 끝나자 뿔뿔이 흩어졌다. 효봉 스님은 몇몇 제자만 데리고 송광사로 올라와 머물렀다. 전생에 그곳 중이었던 듯 이상하게 낯설지가 않았다.

효봉 스님은 선방에 들었다. 어느 날 새벽, 좌선삼매에 빠졌는데 한 노사가 빙그레 미소를 머금고 다가와 물었다.

"그대를 쭉 지켜보았는데 정진은 여일하신가?"

"스님은 누구십니까? 처음 뵙는 것 같은데……."

이제까지 한 번도 본 적이 없는 노장이라 합장하며 그렇게 물었다. 그러자 노사는 이렇게 대답했다.

"그대 보조국사를 아는가?"

"왜 모르겠습니까. 보조 지눌 스님을 말씀하시는 게 아닙니까?"

"그렇지. 나는 보조국사의 16세 법손, 고봉高峰이라고 하네."

"고봉 스님?"

고봉 스님이라면 만공 스님에게 법맥을 이어받은 분이다. 상해의 독립군을 돕다가 투옥된 일도 있고, 서봉사와 백운사의 조실도 지낸 도력 높은 스님이다.

"그런데 어쩐 일이십니까?"

"그대에게 이 도량을 더욱 빛내도록 하기 위해 왔다네."

"무슨 말씀이십니까?"

"내 이제 그대에게 학눌學訥이라는 법명과 효봉曉峰이라는 법호를 내리겠네."

"효봉?"

"그리고 이 게송을 받으시게."

고봉이라는 노장이 주는 게송을 받아 읽어보니 이러했다.

번뇌가 다할 때면 생사가 끊어지고	煩惱盡時生死絶
미세하게 흐르는 망상은 영원히 없어지네	微細流注永斷滅
원각의 큰 지혜 항상 뚜렷이 드러나니	圓覺大智常獨存
그것이 곧 백억의 화신불 나타남이네	卽現百億化身佛

효봉 스님이 고개를 들어보니 이미 노장은 사라진 뒤였다. 전쟁으로 폐허가 된 송광사에 고봉 화상이 보조가풍

을 일으키라는 부촉을 내린 것임을 깨달은 효봉 스님은 송광사를 재건하는 데 적극적으로 나섰다.

석두 스님을 만나 원명이란 법명을 받았지만, 보조국사의 16세 법손인 고봉 스님으로부터 꿈속에서 법명 학눌과 법호 효봉을 받았다. 이로써 그는 원명에서 효봉으로 개명했다.

고봉이 내린 꿈속(夢中) 설법. 그것은 보조의 목우가풍이 다시금 기지개를 켜는 일대 사건이었다. 석가세존의 달마정법이 비로소 해동의 남녘에서 효봉 스님에 의해 꽃핀 것이다.

법정이 출가하고 3년이 지난 1958년, 금당선원에서 있었던 효봉 스님의 법어는 그의 사상을 잘 드러냈다.

계정혜 삼학을 같이 닦아야 한다는 법어였다. 계는 계율이다. 정은 선정禪定이다. 분별 망상심을 끊어버리고 참성품을 길러가는 것을 말한다. 혜는 지혜다. 이를 총칭해서 삼학三學이라고 한다. 계·정·혜의 조화로운 수행을 통하여 부처가 되는 길에 들게 된다고 역설한 것이다. 보조의 '정혜결사'가 효봉 스님에 의해 다시 주창되는 순간이었다. 보조 사상은 그렇게 시간의 벽을 넘어 효봉 스님에 의해 전해지고 있었다.

효봉 스님은 송광사 재건에 힘쓰다 서울 선학원으로 올

라와 잠시 머물렀다. 어지러워진 종단을 정화하기 위해서였다. 거기서 행자 하나를 받아들였다. 속가의 재철, 곧 법정이었다.

효봉 스님이 행자 법정을 미래사로 먼저 내려보냈다. 그런데 이상한 일이 일어났다. 법정이 머리를 깎은 조실방의 거울이 없어진 것이다. 무슨 이유에선지 법정이 거울을 가방에 넣어 갔기 때문이다.

미래사로 내려온 후로도 법정은 그 거울을 내놓지 않았다. 나중에 누군가 우연히 그의 바랑 속에 있는 거울을 발견했다.

"아니, 이거 선원에 있던 거울이 아닌가?"

그 거울을 마침 본 적이 있는 스님이 물었다. 왜 거울을 바랑 속에 넣어 왔느냐는 말이었다.

"맞소."

법정의 대답은 정확하고 간단했다. 하지만 왜 거울을 가져왔는지는 말하지 않았다.

나중에 효봉이 사실을 알고 그에게 물었지만, 법정은 왜 거울을 가져왔는지 말하지 않았다. 효봉 스님도 닦달하다가 그만두었다. 무슨 사연이 있으려니 했고, 법정은 결코 그 이유를 말하지 않았다. 나중에야 이유가 밝혀졌는데 사람들은 배를 잡고 넘어졌다. 너무 어이없고 엉뚱

했기 때문이다.

통영 미륵산에 있는 미래사는 건물이 두 채뿐인 조촐한 선원이었다. 대중이라고 해야 겨우 여덟 명. 아궁이는 세 개였다. 그곳에서 법정이 사미가 되어 효봉 스님을 받들며 보니, 스승은 소유욕이라곤 없는 사람이었다. 무소유의 화신이었다. 중이 수행을 한답시고 신도들이 올린 공양물을 함부로 해서 되겠느냐며 무엇이든 아끼고 절약했다.

어느 정도인가 하면, 신도들이 복을 받으려는 뜻에서 부처님 전에 밝힌 촛불을 새 초로 갈아 끼우면 호통을 쳤다. 신도가 초를 사고 그 초에다 불을 밝히려는 신심은 알겠으나 그렇게 하지 않아도 부처님은 다 안다고 했다. 경전을 읽을 때도 초 심지가 다 탈 때까지는 새 초로 갈아 끼울 수 없었다.

"수행자는 탐욕을 털어내는데 그 본분이 있는 것이야. 무엇에 욕심을 부린다면 수행자라 할 수 있겠느냐. 이 세상의 모든 것은 본래 네 것이요, 또한 무無한 것이라……."

그렇게 알 길 없는 말로 제자들의 기를 꺾어놓았다. 자연히 그의 무소유 정신은 제자들의 뇌리에 박히게 되었고, 훗날 법정 스님이 수필집에 '무소유'라는 제목을 붙일 정도였다. 스승의 무소유 정신이 무의식 중에 작용했는지도 모른다.

아무튼 효봉 스님의 무소유 정신은 상수제자 구산에게 먼저 전해졌다. 법정보다 구산이 먼저 축발하고 효봉 스님을 모셨기 때문이다.

구산은 전라북도 남원에서 태어난 사람이다.

1935년, 그의 나이 스물일곱에 병을 얻었는데 약을 써도 소용이 없었다. 하루는 진주에 사는 거사가 와서 보더니 이런 말을 했다.

"자성自性은 본래 청정한 법이거늘 그 자리에 병이 있을 수 있겠는가."

"그대는 누구시오?"

예사롭지 않아 구산이 물었다. 거사는 말없이 돌아가버렸다. 비로소 불교를 알고 싶다는 생각이 들었다. 구산은 아픈 몸을 이끌고 지리산 영원사를 찾아갔다. 그곳에서 백일 동안 천수기도를 하고 육신의 병이 나았다. 그는 더욱 신심을 냈고, 그렇게 불법에 눈을 뜨게 되었다.

스물아홉 살 되던 해 산으로 올랐다. 이듬해에 송광사 삼일암에 주석하고 있는 효봉 스님을 찾았다. 4월 초파일이었는데, 한눈에 구산을 알아본 효봉 스님은 생년월일을 묻고 간지를 짚어본 다음 허허허 웃고는 이렇게 말했다.

"오늘 또 하나의 부처가 태어나겠구나."

그 길로 계를 받고, 다음 해에 통도사 금강계단에서 해담 화상을 계사로 비구계를 받았다. 그 후 청암사 수도암 정각토굴에서 선수행의 기반을 닦았다. 1946년 가야총림이 개설되자 효봉 스님이 그곳의 방장을 맡았고, 구산은 총림에 들어가 도감 소임을 보았다.

그러나 1950년 6·25사변으로 가야총림이 흩어지자 진주로 내려갔다. 마흔여섯 살이 되던 해 구산은 여름 안거를 마치고 상경하여 교단 정화운동에 적극 참여했고, 5백 자 혈서를 쓰며 정화의 결의를 굳게 다졌다. 법정이 그를 본 것은 이때였다.

법정이 어떡하든 스승 효봉 스님의 눈에 들기 위해 부지런히 사미 생활을 할 때였다. 하루는 나무를 해 와 군불을 지폈다.

방이 따뜻하면 잠이 쏟아지기 마련이다. 선객에게 수마만큼 골치 아픈 게 없다. 그래서 군불을 적당히 지펴야 하는데, 마침 날도 궂고 해서 방이 좀 고슬고슬해지라고 군불을 많이 넣었다. 이게 탈이었다. 선정에 든 효봉 스님이 일어나지를 않는 것이다. 본시 한 번 선정에 들면 침식도 잊는 양반이라 처음에는 그러려니 했는데, 그게 아니었다. 새벽이 지나도 일어나지 않자 스님들은 걱정스럽 게

발을 동동 굴렀다. 선정 중에는 누구도 범접할 수 없었다. 스님들이 문구멍으로 살펴보니 정말 절구통처럼 꼼짝하지 않았다.

하는 수 없이 법정이 들어갔다. 안 된다고 말리는 스님들에게 이렇게 말했다.

"그럼 그냥 보고만 계실 겁니까?"

문을 열고 들어서기가 무섭게 이상한 냄새가 코를 찔렀다.

"스님, 스님."

불러도 반응이 없었다. 흔들었다. 그래도 반응이 없었다. 완전히 선삼매에 든 것이다. 뒤로 돌아가 겨드랑이 사이로 팔을 집어넣고 안아 올리자 그제야 다른 스님들이 들어왔다. 이상하게 효봉 스승의 몸이 잘 들리지 않았다.

"엉덩이가 붙었다!"

누군가 소리쳤다. 법정이 효봉 스승을 안고 엉거주춤 선 자세로 스승의 아래를 살피니, 엉덩이와 방바닥이 붙어 있었다. 이미 옷과 살과 방바닥이 한데 붙어버렸다. 가까스로 스승을 들어서 밖으로 모셨다. 군불을 너무 지핀 나머지 스승이 앉았던 자리가 새까맣게 탔고, 방바닥이 너덜너덜한 옷가지와 살점을 물고 있었다. 살점이 떨어져 나간 스승의 엉덩이에서는 피가 괴어올랐다.

그 후로 군불을 넣을 때면 방 안의 온도에 신경을 쓰지 않을 수 없었다.

지나친 수행으로 어느 날 효봉 스님이 몸져누웠다. 월정사에 있던 탄허 스님이 문병을 와서, 제자들에게 걱정하지 말라고 했다. 아직 열반할 때가 멀었다는 것이다. 그저 위안 삼아 하는 말이려니 했다. 효봉 스님의 병이 자꾸 깊어졌다. 그러자 계봉이란 스님이 도반더러 탄허에게 가서 물어보라고 했다. 탄허 스님이 예언에 밝았기 때문이다. 탄허를 찾아간 스님이 큰스님의 열반에 대해 노골적으로 묻지는 못하고 "준비를 해야겠습니다"라고 은근히 말하자, 탄허 스님이 머리를 내저었다.

"아니라니까 그러네. 곧 털고 일어나실 걸세."

"병원에서도 위중하다 하고……."

"걱정 마시게. 스님은 동산 스님이 돌아가신 다음 해에 열반하실 걸세."

탄허의 예언에도 그 스님은 걱정이 되었다. 아무리 예언에 밝다고 해도 그의 말이 사실일까 싶었다.

탄허는 어릴 때부터 신동 소리를 듣던 양반이고, 조선 말기의 국가 원로이자 유림의 태두로 불리던 면암 최익현의 제자인 이극종의 문하에서 공부한 사람이었다.

최익현은 병자수호조약(1876년) 체결을 앞두고 도끼를

멘 채 궁궐 앞에 엎드려 상소를 올린 유림의 대표적 인물로, 의병운동을 하다가 쓰시마 섬으로 끌려가자 "적의 밥을 먹을 수 없다"며 굶어 죽었다. 그의 제자이던 이극종이 인정했을 만큼 탄허는 학문이 깊은 사람이었다. 거기에 도가 깊어 그 영통함이 앞날을 훤히 내다보는 경지였고 자신의 종명일終命日까지 내다볼 정도였다.

탄허는 평소에 돌과 돌비늘로 죽을 쑤어 먹고 살았는데, 그만 위암이라는 진단을 받게 되었다. 운모를 장복해 탈이 난 것이다. 그때가 1977년, 그의 나이 예순다섯이었다. 의사의 진단으로는 석 달을 넘기기 힘들다고 했다. 그러나 탄허는 웃으면서 자신이 갈 날을 예언했다.

"나는 일흔하나가 되는 1983년 계해년 음력 4월 24일 유시에 갈 것이다."

탄허는 정말 석 달이 지나도 죽지 않았다. 우리나라 소화기 내과의 최고봉으로 손꼽히는 서울대학병원 오인혁 박사와 한양대학병원 박경남 박사의 진단을 비웃듯 멀쩡히 살아갔다. 세상의 이목이 그에게 쏠릴 수밖에 없었다.

예언에 밝은 탄허가 효봉 스님은 동산 스님이 돌아가신 다음 해에 가신다고 했으나, 제자들은 말도 안 되는 소리라고 생각했다.

모두 돌아간 후, 호기심을 참기 힘들었던 한 스님이 평소 존경하는 구산 스님은 언제 갈 것 같으냐고 물었다. 탄허 스님의 대답은 짤막했다.

"내가 가는 해에."

스님은 아연실색했다.

"아니, 그게 무슨 말씀입니까? 스님이 가는 해라니요?"

탄허 스님은 말없이 일어나 자리를 떴다.

그는 훗날 구산 스님을 만나러 갔다. 가보니 구산 스님이 보이지 않았다. 그는 스님이 어디 있나 하고 찾아다니다가 시자를 만났는데, 공양간에 있다고 했다. 공양간에 가보니, 구산이 수챗구멍 앞에 쪼그리고 앉아 있었다.

"스님, 뭐 하십니까?"

"바늘!"

구산이 짤막하게 대꾸했다. 바늘이 있으면 내놓으라는 말이었다. 마침 바랑을 메고 있던 그는 바늘을 찾아 내밀었다. 그제야 바늘을 가지러 간다고 한 시자의 말이 생각났다.

구산은 바늘을 쥐고 수챗구멍에 떨어진 밥알을 하나하나 찍어 먹기 시작했다.

"스님!"

그가 놀란 음성으로 불렀지만, 구산은 밥알을 다 찍어 먹고 나서야 몸을 일으켰다. 그러고는 말 한마디 없이 공양간을 나가버렸다. 그는 온몸이 얼어붙는 것 같았다.

구산 사형을 만나러 갔다가 마침 이 광경을 목격한 법정은 그 후로 자기 것을 가져보지 않았다. '내 것이다, 네 것이다' 하며 싸워 보지 않았다. 사미 생활을 하는 동안 걸레 하나를 가지고 방장 사미와 주지 사미가 싸울 때가 있었다. 걸레가 없어지면 스승에게 혼날까봐 서로 훔쳐 가곤 했기 때문이다. 그 후로는 싸우지 않았다.

가끔 법정은 '정말 동산 스님이 가고 다음 해에 스승인 효봉 스님이 가고, 탄허 스님이 가는 해에 구산 스님이 갈까?' 하고 궁금한 생각이 들었다.

분서

1956년 겨울이었다. 하루는 법정이 경전 읽기도 따분하고 해서 속가에서 가져온 책을 꺼내 읽었다. 글을 읽다 보니 경전 속 이야기들을 설화 형식으로 써보면 어떨까 싶었다. 꽤 재미가 있을 것 같았다.

경전을 읽는 척하면서 이야깃거리를 찾았다. 이야깃거리가 너무 많았다. 그중에서도 아이나 어른에게 감화를 줄 수 있는 몇 가지를 골라 설화 형식으로 글을 쓰기 시작했다. 물론 도반들이나 스승 효봉 스님이 알 리 없었다. 짤막짤막하게 한 편씩 써 나갔다. 재미가 있었다.

스승 효봉 스님이 눈치챌까봐 숨어서 쓰자니 오금이 저리고 심장이 벌렁거렸다. 그래도 한 편을 완성하고 나면 그 희열에 미쳐버릴 것 같았다. '아, 이래서 글을 쓰는구나' 싶었다. 한 편 한 편 그렇게 써 나가다 보니 열 몇 편이나 썼다. 제목을 그럴 듯하게 붙여 일곱 편을 쓴 노트를 서랍 속에 숨겨놓고 다시 써 나갔다.

그게 글의 시작이었다. 말하자면 습작기라 할 수 있다. 어느 날 법정이 잠시 자리를 비운 사이, 사형이 무언가 찾다가 법정의 글을 보았다. 대학 노트에 써놓은 것을 본 것이다.

"이게 뭐냐?"

사형이 대충 읽어보고는 돌아온 법정에게 물었다. 법정은 그만 두 손을 모으고 싹싹 빌었다.

"사형, 제발!"

그가 노골적으로 비웃었다.

"글을 쓴다더니, 아직도 그 미련을 못 버린 게 아닌가?"

"경을 읽다 보니까요 하도 좋은 소재들이 있어서 그만……."

사형이 다시 쓱 훑어보더니 허허허 웃었다.

"이놈아, 이것도 글이라고 쓴 것이냐. 그래도 대학물까지 먹었다는 놈이 우선 맞춤법도 맞지 않잖아. 도대체 한글을 어떻게 배운 거야. 국민학생이 써도 이보다는 낫겠다."

사형이 막상 그렇게 말하자 법정은 그만 화가 뻗쳤다.

"아니 사형, 너무하는 거 아닙니까. 곱게 이젠 쓰지 말라 그러면 되지, 말을 꼭 그렇게 해야겠어요?"

사형이 눈을 크게 떴다.

"이놈 봐라. 다시는 안 쓰겠다고 하지는 못할망정, 뭐?"

그런 표정이었다. 사형이 노트를 탁 던지고 방을 나가버렸다. 잠시 후 방문이 벌컥 열리며 스승이 들이닥쳤다.

"네놈이 글을 쓰고 있다고?"

스승이 노트를 집어 보더니, 어이가 없는 듯 입을 벌렸다.

"이놈, 여기가 사가 방이냐. 여기는 부처를 공부하는 승방이다. 그런데 어찌하여 이런 글을 쓰고 있는 것이냐?"

법정은 할 말이 없었다.

"내 뭐라고 했느냐? 속가의 학문은 필요가 없다고 하지 않았느냐. 오히려 네놈이 배운 알음알이를 몰아내지 않고는 불교의 본의를 깨칠 수 없다고 했거늘. 그런데 또 속가의 책을 들고 앉아 있다 못해 글을 써. 네놈이 정신이 있는 것이냐, 없는 것이냐. 여봐라, 이놈의 소지품을 뒤져라."

도반들이 우르르 달려들어 법정의 소지품을 뒤졌다. 속가의 책이 나오자 스승이 고함쳤다.

"책을 아궁이 속에 처넣어라."

도반들이 법정의 책이란 책은 다 모아 들고 아궁이로 달려가 활활 타는 불 속으로 던져 넣었다. 처음이 아니었다. 먼저 책 두 권이 한꺼번에 아궁이 속으로 들어갔고, 마지막 남은 한 권도 아궁이행이었다. 그리고 그토록 어렵게 써놓은 설화까지 잿더미가 되고 말았다.

나중에 보니, 설화를 써놓은 노트 하나가 책상 서랍 천장에 걸려 있었다. 노트가 걸려 서랍이 열리지 않자 그만 둬버린 모양이었다. 그걸 꺼내서 보자니 눈물이 쏟아졌다.

〈불교설화〉 겁장이들

어느 강기슭에 울창한 야자나무 숲이 있었다. 그 숲에는 여섯 마리의 토끼가 사이좋게 지내고 있었다. 바람기도 없이 고요한 어느 밤 수풀 아래서 토끼들이 자고 있을 때 익을 대로 익은 야자열매가 제물에 겨워 강물에 떨어지면서 '풍덩!' 큰 소리를 내었다.

걸핏하면 놀라고 하는 꼬마토끼들은 그 소리에 깜짝 놀라 뛰어다라났다. 길가에서 여우를 만났다. 여우는 토끼들의 질린 모양이 심상치 않아 물었다.

"얘 꼬마들아 무엇 때문에 그렇게 미친드시 뛰고들 있니?"

토끼들은 돌아다보지도 않고 줄곧 뛰었다. 그중에 하나가 숨찬

소리로 말했다.

"아무 소리 마. 큰일 났어! 무서운 짐승이 쫓아온단다."

여우도 깜짝 놀라

"야 큰일 났구나." 하고 뛰기 시작하였다. 멧돼지가 나와

"웬일이야 너희들은?" 하고 물었다.

토끼들과 여우는 뛰어가면서 소리쳤다.

"무서운 일이 생겼어. 무지무지한 짐승이 우리들을 잡으러 온데."

"무엇이? 이거 큰일 났군!"

멧돼지도 한데 섞여 뛰었다. 이렇게 해서 사슴도 소도 코끼리도 늑대도 표범도 이리도 마지막엔 호랑이까지 모두 한데 어울려 뛰어 다라나고 있었다. 그런데 그렇게 머지않은 곳에 한 마리의 커다란 사자가 있었다. 다라나는 그들을 보자 어슬렁어슬렁 걸어 나와 물었다.

"너희들은 무얼 그리 서두르고들 있니?"

일행은 숨이 차 헐덕거리면서 말했다.

"아주 무시무시한 짐승이 우리들을 잡아먹으려고 한답니다. 사자님 우리들을 구해주세요."

사자는 다시 물었다.

"무시무시한 짐승이라니 그것은 대체 어떻게 생긴 짐승이더냐?" 그러자 호랑이가

"보진 않았지만 무서운 소리가 났다고 해." 사자는 침착하게

"어떤 소리가 났는데?"

"거기까진 나도 몰라. 나는 표범한데 들었을 뿐야." 사자는 다시 표범에게 물었다.

"나도 잘은 몰라. 이리한테서 들었어."

하고 표범은 대답했다. 이리는 늑대한테서 늑대는 코끼리한테서 코끼리는 소한테서 소는 사슴한테서 사슴은 멧돼지한테서 멧돼지는 여우한테서 여우는 토끼한테서 들었다고 했다.

사자는 꼬마토끼들에게 물었다.

"꼬마들아 너희들은 어떠한 소리를 들었니?"

여섯 마리의 토끼들은 아직도 벌벌 떨면서 소리를 모아 말했다.

"하늘이라도 내려앉는 듯한 무서운 소리였어요. 어떻게 무서웠던지 그 정 체를 바라볼 수조차 없었어요……"

사자는 토끼의 안내를 받아 토끼들이 있던 강기슭의 숲까지 가 보았지만

별다른 변화는 없었다.

"좀더 천천히 살펴보자."

하고 사자는 비슷이 옆으로 기대고 쉬었다. 모두들 조용히 앉은 채 둘레를 흘끗흘끗 보고 있었다. 아직도 놀란 표정들을 하고—

마침 그때 익은 '야자' 열매가 또 한 개 물속에 '퐁당' 소리를 내면서 떨어졌다.

토끼들은 흠칠하였다. 사자는 갸웃이 머리를 들고 말했다.

"그렇지! 틀림없이 물소리였겠지.

어때 너희들은 잠결에 갑자기 소리를 들었기 때문에 깜짝 놀란 게지? 너희들도 좀더 차분히 알아보았더라면 아무것도 놀랄 만한 일은 없었을 거야."

"허 참 겁쟁이 때문에 속았군……." 하면서 제각기 뿔뿔이 흩어져갔다.

-〈근본설일체유부비나야根本說一切有部毘奈耶 38〉에서

[주] 사람인 우리들도 이와 마찬가지로 있지도 않은 일에 겁을 내거나 기뻐하거나 하는 일이 많다. 잘 살펴보면 그와 같은 일에는 마음을 쓰지 않아도 좋을 것을.

생각해보면 인생이란 영원히 있는 것은 아니다. 그것이 영원한 존재가 아니라는 것을 올바로 판단할 수 있다면 명예라든가 재산이라든가 죽음이나 모든 것은 시기하거나 겁내거나 할 필요가 없는 것이다.

바르게 사물을 보고 정확하게 판단하고 또한 그러기 위해서 수행하는 것이 불교에서는 가장 중요한 일이라고 경전에서는 말하고 있다.

_법정, 《대한불교》, 1963년 7월 1일.

법정은 노트를 꽁꽁 숨겼다. 그것마저 태우지 않은 것이 천우신조 같았다. 스승이 그렇게 나무라도 글에 대한 열망을 잠재울 수 없었다. 스승은 앞으로 계속 속가의 글을 읽고 쓴다면 내쫓아버릴 것이라고 했을 뿐 더 이상은 나무라지 않았다. 그때까지만 해도 스승은 속가에서 들어온 지 얼마 되지 않은 법정이 뭘 몰라 그러려니 했던 것이다.

사미 생활은 정말 혹독하고 모질었다. 해우소까지 세 채밖에 안 되는 작은 절이었지만 여름에는 안개가 짙어 지척도 분간하기 힘들었다. 그 습기 때문에 항상 몸이 끈적끈적했다. 나무를 석 짐이나 해 날라야 했고, 아궁이에는 언제나 물이 차 불을 때려면 물을 퍼내야 했고, 땔나무에 물기가 배어 불이 잘 붙지를 않아 애먹었다.

선원이라고 해놓으니 신자도 거의 없었다. 가난할 수밖에 없었다. 밥이라도 많이 주길 하나. 나무를 해 나르려면 배가 불러야 할 터인데, 아침은 조죽이라고 하여 죽 반 그릇을 주었다. 점심은 꽁보리밥 한술, 저녁은 낮에 먹다 남은 식은 보리밥 한술이 전부였다. 언제나 배가 고팠다. 어쩌다 국수를 삶을 때는 우물가에 흘러 내린 국수를 수챗구멍에서 건져 먹곤 했다. 수각에서 냉수를 떠다가 그냥 국수를 말아 먹는 맛. 그 맛이 기가 막혔다.

일이 힘들어 몸살이 나도 누구 하나 거들떠보지 않았다. 해우소에 갔다가 어지럽고 힘이 없어 기어 나온 적도 있었다. 그래도 매일 나무를 두세 짐씩 해 날라야만 했고, 아궁이마다 불을 지펴야 했으며, 밤이면 스승에게 《초발심자경문》을 배워야 했다.

가끔 지친 잠자리로 어머니가 찾아왔다. 혼자가 아니었다. 어머니를 엄마라고 부르는 계집아이가 곁에 서 있었다. 황량한 벌판 어디였다. 아니, 고갯마루인지도 몰랐다. 오너라! 오너라! 그렇게 부르는 것 같았다. 어머니가 부르는 노랫가락 소리가 피처럼 엉겼다. 꼭 피를 내뱉는 것 같았다. 이놈아, 이놈아, 내가 너를 중질이나 시키려고 그 모진 고생을 한 줄 아느냐. 아이고, 내 아들아, 나를 구하는 것이 바로 부처님의 자비다! 나를 구해다오. 이 어미부터 구해달란 말이다. 못살겠구나. 너를 잃고 내가 어이 산단 말이냐.

일어나면 목침에 눈물 자국이 선명했다.

'어머니, 죄송합니다. 언젠가는 돌아갈 것입니다. 언젠가는…….' 그런 생각이 들 때면 어머니 곁에 있던 계집아이에게까지 미안했다. 이 자식은 어미를 버렸는데 그 어머니를 엄마라 부르며 저 험난한 세상의 벗이 되어주고 있을 아이에게 미안했다. 왜 그때 그 아이에게 못되게 굴었나 싶었다.

'미안하구나! 미안하구나.'

어느 날 효봉 스님은 제자들과 함께 자신이 거처할 토굴을 짓기 시작했다. 법정이 미래사에 왔을 때 (하산 후 시인이 되는) 고은과 (훗날 조계종 전국신도회장이 되는) 박완일이 있었는데, 그들을 비롯하여 제자들 모두 날이 차다고 말렸으나 효봉 스님은 고집을 꺾지 않았다.

"서울에서 묻은 때를 씻어내려 함이다."

"방장 스님, 건강 생각을 하셔서라도 날이 풀리면……."

"못난 소리. 수행자에게 겨울이고 봄이고 어디 있겠는가. 네놈들은 겨울에 밥을 안 먹느냐?"

제자들은 스승의 고집을 꺾지 못했다. 함께 힘을 모아 토굴을 지었다. 미래사에서 왼쪽으로 산 중턱을 타고 가다 보면 땅에서 불쑥 솟아나 이마가 넓게 드리운 큰 바위가 하나 있었는데, 그 이마를 의지하고 토굴을 지었다. 족히 대여섯 명은 들어가게 지어졌다.

효봉 스님은 매우 흡족해했다. 진성사미인 법정을 데리고 토굴에 들었다. 소식을 들은 신자들이 큰스님을 뵙고자 사방에서 몰려들었다. 신도들뿐만 아니었다. 전국의 납자들이 효봉 스님의 소식을 듣고 몰려들었다. 사람 눈을 피해 수행하려다가 오히려 사람들만 불러 모은 셈이었다.

거기다 서울에서 종단 정화 문제까지 안고 사람들이 내려오기 시작하자, 안 되겠다고 생각한 효봉 스님은 법정 사미만을 데리고 미래사를 떠났다.

효봉 스님이 정착한 곳은 지리산 쌍계사 탑전이었다.

탑전에서

탑전은 중국 불교 선종의 6대조인 혜능대사의 정상, 즉 두개골을 모신 곳이다. 혜능대사는 본시 중국 영남 신주 사람이었다. 집이 가난해 나무를 팔아 어머니를 봉양하며 살았는데, 하루는 여관 주인이 오더니 나무를 가져다달라고 했다. 그는 나무를 가져다주고 나오려다가《금강경》읽는 소리를 들었다. "마땅히 머무는 바 없이 마음을 내어라"라는 구절을 들은 것이다. 이상하게 생각한 그가 경을 읽은 사람에게 물었다.

"무슨 글을 읽고 있습니까?"

"《금강경》이다."

"어디서 그런 경을 얻었습니까?"

"나는 기주 황매현 동선사에서 왔다. 그곳에 오조 홍인 대사가 주석하고 계신다. 그분께서 《금강경》을 만나면 깨달음을 얻을 수 있다고 하셨다."

그길로 혜능은 노모와 작별하고 홍인대사를 찾았다. 홍인대사는 혜능이 일자무식이라는 것을 알았으나 문자를 가르치지 않았다. 헛간으로 보내 장작이나 패고 디딜방아나 찧게 했다. 혜능은 그게 불만이었지만 나중에야 모든 것에 불성이 있음을 깨달았다. 일체의 상을 없애고 자신의 마음을 비워 무소유의 경지를 체득한 것이다.

중국에 불법을 전한 이는 달마대사다. 그는 석존의 맥을 이은 27조 반야다라의 제자로, 스승의 유언을 받들어 불교를 전파하고자 양나라 무제를 만났다. 무제가 달마에게 물었다.

"짐은 왕위에 올라 오늘날까지 절을 짓고 경전을 출간하며 불교를 위한 정책을 펼쳤는데, 내게 어떤 공덕이 있소이까?"

"아무런 공덕이 없습니다."

무제는 화가 나 물었다.

"왜 공덕이 없소?"

"그것들은 인천人天의 복을 받는 인과일 뿐이고 물체를 따라다니는 그림자와 같아서 실체가 없습니다."

"어떤 것이 그럼 진실한 공덕이오?"

"세상의 법으로는 구할 수 없습니다."

"무슨 말이오?"

"진실한 공덕은 세상의 법 너머에 있다는 말입니다."

"그렇게 말하는 그대는 누구요?"

"모릅니다."

두 사람의 문답은 선의 기본적 의미를 함축했지만, 그것을 알 리 없는 양무제는 화가 나서 장수 신광을 불러 달마의 목을 베어 오라 명했다.

달마의 목을 자르러 간 장수 신광은 달마에게 그만 정신을 빼앗겨 제자로 들어가버렸다. 그러나 신광의 수발을 받으면서도 달마는 신광을 정식으로 받아들이지 않았다. 나무나 해오라 하고 일이나 시킬 뿐이었다. 달마의 면벽수도 9년째. 참다못한 신광은 눈이 내리는 날 눈밭에 무릎을 꿇고 제자로 받아주기를 간청했다. 그러자 달마는 이렇게 말했다.

"저 백설이 붉게 변한다면 너를 제자로 받겠노라."

신광은 그 자리에서 자신의 팔뚝을 잘랐다. 피가 떨어져 흰 눈이 붉은 눈으로 변하자 달마가 그의 신심을 인정하고 혜가라는 법명을 주었다. 그렇게 혜가는 달마의 제자가 되었다. 어느 날 달마는 혜가에게 이런 예언을 했다.

나는 이곳으로 와 살면서 吾本來玆土
갈 길을 몰라 헤매는 사람들에게 불법을 전하였다 傳法救迷情
꽃 한 송이가 다섯 꽃잎을 펼칠 것이니 一華開伍葉
나중에 자연히 열매를 맺게 되리라 結果自然成

달마의 법은 혜가를 거쳐 승찬, 도신, 홍인으로 이어졌고, 마침내 예언대로 혜능에게까지 이어졌다. 불법의 맥을 이으리라는 달마의 예언이 혜능에게 이어진 것이다.

일자무식꾼 혜능은 어느 날《법화경》을 3천 번 읽은 승이 와서 도를 구하자, 주장자로 그의 머리를 내리치며 소리쳤다.

"할!"

도란 언어를 벗어난 곳에 있음을 그 한마디로 보여주었다. 도는 체득, 체험의 결과요 문제라는 것을 보여준 것이다.

신라 성덕왕 때 삼법 스님은 당나라에 있는 육조 혜능 대사를 친견하는 것이 소원이었다. 그는 달마의 선맥을 열매 맺게 한 혜능을 만나기 위해 당으로 유학을 떠났다. 그가 당에 이르렀을 때 혜능은 이미 고인이 되었으므로 그의 무덤을 찾았다.

하루는 그 무덤가에서 선정에 들었는데 느닷없이 혜능이 나타났다.

"나의 머리를 가져가 선법을 널리 알려라."

삼법 스님은 즉시 혜능의 머리를 모시고 와서, 석감에 넣어 땅 밑에 안치했다.

그 후 신라 민애왕 때 진감선사가 육조영당을 세웠다. 석감 위에 서 있는 7층 석탑은 1800년대 것으로, 용당 스님이란 이가 주변에 있던 목압사의 석탑을 옮겨 와 세웠다. 그렇게 하여 육조정상탑전이 된 것이다.

탑전은 금당 건물로 정면 세 칸에 측면 두 칸이고, 오량 구조였다. 지붕은 팔작지붕을 한 다포였다. 어간과 협간의 간격은 같았다. 건물 앞쪽에는 추사 김정희가 썼다는 현판이 걸려 있었다.

법정을 그곳으로 데려온 효봉 스님은 선승의 맥을 이은 사람이었다. 그런데 철없는 법정 사미를 받아보니, 속세에서 가져온 문학 서적에 대한 연을 그때까지도 끊지 못하고 있다. 나무라보기도 했지만 어느 사이에 또 글을 가까이하고 있다.

산을 내려가 글쟁이나 되라고 하려다가도, 잘만 하면 큰 그릇이 되겠다 싶어 혜능의 두골이 모셔진 탑전으로 데려온 것이다. 어디 부처가 알음알이로 깨쳤던가. 육조 혜능은 일자무식이었어도 불타의 선맥을 이었음을 가르쳐, 알음알이에 집착하는 법정에게 육조 혜능의 지혜를 몸소 느끼게 하고 싶었다.

어느 날, 철없는 사미는 양식이 떨어져 탁발을 나갔다가 구례 장에서 소설을 한 권 샀다. 호손의 《주홍글씨》였다. 스승이 알면 혼나겠지만 너무 읽고 싶었다. 그는 밤에 살며시 지대방(고방)으로 들어가 호롱불을 켜놓고 소설을 읽었다. 스승이 속가에서 가져온 책들을 불태워버린 후 오랜만에 대하는 속가의 책이 너무 재미있었다. 한참 정신없이 읽고는 가지고 있던 노트를 꺼냈다. 그때 써놓은 글들을 보자 어떤 알 수 없는 희열이 온몸을 휩쓸었다. 글을 다시 써야겠다는 생각이 들었다.

설화 한 편을 어떻게 썼는데, 써놓고 보니 그럴 듯했다. 전에 사형이 하던 말이 생각났지만, 자기 스스로는 글에 재주가 있다 싶었다. 아직 습작기의 치기가 가시지 않았으므로 그는 자신의 글이 어느 정도인지 가늠하지 못했다. 푸성귀들이 느끼는 하열한 자고자대自高自大병을 앓았던 것이다.

노트를 남이 볼 새라 숨겨놓고 막 다시 책을 읽으려고 할 때였다. 갑자기 벌컥 방문이 열렸다.

“이놈, 뭐하는 게냐?”

취침 시간에 사미가 없어진 것을 안 스승이 찾아 나섰다가 호롱 불빛이 흘러나오는 지대방으로 들어선 것이다. 스승은 법정이 읽고 있는 책을 보더니 어이가 없는지 눈을 크게 뜨고 말을 잇지 못 했다. 잠시 후에야 소리쳤다.

"내가 그렇게 일렀거늘, 이거 어디서 난 게냐?"

법정은 얼른 대답하지 못하고 머뭇거렸다. 그나마 어렵게 쓴 설화를 들키지 않은 것만도 다행이었다.

"어디서 난 것이냐고 묻지 않느냐?"

"오늘 탁발을 나갔다가……."

"탁발한 돈으로 이 책을 샀단 말이냐?"

"스님, 잘못했습니다."

"죽어 무간지옥에 갈 놈이로세. 부처님에게 올릴 탁발물을 도적질하다니. 더욱이 그렇게 일렀거늘 아직도 속가의 연을 끊지 못하다니. 이놈아, 내가 너에게 《초발심자경문》이나마 가르친 것은 불법을 대하는 마음가짐과 지켜야 할 규범과 준칙, 선방의 법도 등을 제대로 알라 함이었거늘 아직도 속가의 책을 놓지 못 하다니, 그러려거든 산을 내려가거라."

"스님, 용서해주십시오. 다시는 그러지 않겠습니다."

스승은 법정을 잠시 노려보다가 부엌으로 가서 책을 태워버렸다. 그때까지도 법정은 경전을 읽으며 부처님의 말씀을 살펴 깨달음에 이르는 이들과, 그런 알음알이를 무시하고 선정으로 일관하며 오히려 들어찬 지식들을 비워냄으로서 깨침에 이르는 이들 사이의 오랜 논쟁을 알 리 없었으니, 스승이 태워버리는 책이 그렇게 아까울 수가 없었다.

한 가지만은 이해했다. 속가의 지식은 진짜 중이 되는데 필요가 없다는 것. 오히려 그 알음알이를 내몰지 않고는 깨침을 얻을 수 없다는 것. 그렇기에 회의는 더 깊어졌는지 모른다. 왜 학승은 경전을 읽고 그 알음알이로 깨달음을 얻으려 하고, 선승인 스승은 오히려 그 알음알이를 내보냄으로서 깨침을 얻을 수 있다고 하는지 정확하게 이해가 되지 않았다.

자신이 쓰던 노트만은 결코 내주지 않았으니, 참으로 지독한 미련이었다. 그러면서도 글을 멀리해야 한다고 그는 생각했다. 공부가 제대로 된다면 자연히 글에 대한 미련도 사라지지 싶었다.

그때부터 스승이 시키는 대로 참선에 몰두했다. 법정이 전에 없이 선에 관심을 보이자 스승은 때로 흐뭇한 미소를 지었으나, 그렇다고 틈을 보이지는 않았다. 그는 여전히 냉혹할 정도로 법정을 다 잡았다. 새벽 3시에 일어나야 했고, 다기 물을 갈고 예불을 드려야 했으며, 참선을 해야 했다. 참선이 끝나면 아침 공양을 지어야 했고, 울력이 없는 날은 종일토록 참선을 해야 했다.

그런데 언젠가부터 이상한 버릇이 생겼다. 참선 시간이 끝나거나 울력이 없을 때면 낙서를 하고 있었다. 자신도 모르게 다시 글을 쓰고 있었던 것이다.

<불교설화> 그림자

한 사나이가 커다란 못가에 멈추어 서서 한참 동안 뚫어지게 못 속을 들여다보고 있었다. 그러다가 물속에 거꾸로 비춘 자기의 그림자에 눈이 가자 후닥닥 놀라 양손을 번쩍 들고

"사람 살리오!"

하고 외치면서 그곳에서 뛰쳐갔다.

이 황급하게 외치는 소리를 듣고 많은 사람들이 허겁지겁 모여들었다.

"어찌된 것이오? 무엇 때문에 그렇게 고함치는 것입니까?"

모인 사람마다 궁금해서 물었다. 그 사내는

"여러분, 나는 지금 못 속에 거꾸로 떨어져 죽으려고 합니다."

이 말을 듣고 사람들은 놀라지 않을 수 없었다.

"엉뚱한 짓으로 놀라게 하지 말아요. 당신은 지금 못에 떨어진 것은 아니지 않소. 그렇게 멀쩡하게 서 있으면서."

그 사내는 사람들에게 또 외쳤다.

"당신들은 아무것도 모릅니다. 나를 따라오시오. 내가 못에 빠져 죽어 있는 것을 보여드릴 테니까."

"뭐? 죽어 있는 것을 보여주겠다고? 좋소. 그럼 어디 보여주시오."

사람들은 그 사내의 뒤를 따라갔다. 못가에 이르러 물속을 들여다본 그는 여러 사람들에게 외쳤다.

"잘 보아요. 당신들은 내가 못 속에 빠져 죽어 있는 것을 볼 수 있을 것이니까."

사람들은 그 사내에게 말했다.

"당신은 정말 바보로군. 저것은 당신의 그림자요. 당신은 멀쩡하게 못가에 서 있지 않소. 당신뿐 아니라 우리들의 그림자도 저렇게 모두 물속에 비추고 있지 않소?"

그러자 그 사내는 답답하다는 듯 소리쳤다.

"당신들이야말로 정말 바보요. 그렇지 않습니까? 이것은 나 혼자만의 재난이 아니오. 당신들도 죄다 못 속에 빠져 있지 않습니까?"

그리고 사내는 큰소리로 떠들면서 마을 쪽으로 달려가 만나는 사람마다 그 사실을 알리면서 돌아다녔다.

"나와 또 많은 사람들이 지금 못 속에 빠져 죽으려고 합니다. 여러분들은 어서 달려가 구해주셔야겠읍니다."

마을 사람들은 이상하게 생각하였다.

"뭐라고요? 당신은 못 속에서 죽으려 하고 있지 않습니다. 당신은 그렇게 분명히 땅위에 서 있지 않습니까?"

사내는 화를 내어 말했다.

"당신들은 어째서 그렇게 깜깜한 칠통들뿐이오? 나와 같이 가서 진상을 똑똑히 보아주시오."

마을 사람들은 서로 얼굴을 마주보며 수군거렸다.

"이건 아무래도 머리가 '레코오드판'인 모양이군. 그렇지만 어디 우리 한 번 이 사람 말대로 못가에 가서 그 진상이라는 것을 좀 보아줄까요?"

마을 사람들은 구경거리라도 보러 가는 듯 가벼운 걸음으로 그 사내를 따라 못가로 갔다. 거기에는 벌써 많은 사람들이 못 기슭에 모여 이 사내의 바보짓을 보고 웃고 있었다. 마을 사람들은 그 사내를 보고 말했다.

"어느 누구도 못 속에 빠진 것은 아니지 않습니까? 당신은 조금 돈 것이 아닙니까?"

사내는 못 기슭에 서 있는 사람들을 흘겨보고 나서 물속에 거꾸로 비춘 그림자를 가리키며 마을 사람들에게 말했다.

"당신들도 정말 바보로군요. 보시오. 저렇게 물속에 빠져 있지 않습니 까?"

"당신이야말로 갈데없는 바보요 바보! 그것은 그림자요 참 몸

뚱이가 아니란 말이오. 어째서 이런 걸 모르고 있을까?"

그러나 그 사나이는 끝까지 자기가 물속에 빠져 있다고 믿으면서 사람들의 말에 귀를 기울이려고는 하지 않았다.

-<대위덕다라니경大威德陀羅尼經>에서

_법정, 《대한불교》, 1963년 9월 1일.

그렇게 스승 몰래 글을 썼는데, 어느 날 그만 또 발각되고 말았다. 스승은 아예 기가 차 할 말을 잃었다.

"정말 모르겠느냐. 교승은 알음알이, 즉 지해知解를 통해서 깨달음의 세계로 나아가고, 선승은 그 알음알이를 내몰아 비움으로써 지혜智慧의 세계로 들어간다고 몇 번이나 일렀느냐. 될성부른 나무는 떡잎부터 알아보는 법. 아무래도 산을 내려가는 게 좋겠구나."

그런데 이상했다.

'아이고, 그동안에 쓴 저 설화도 아궁이 속으로 들어가겠구나' 했는데, 스승이 저번과는 달리 홱 집어던지며 이렇게 말하는 것이었다.

"네놈이 진실로 깨달았다면 네 손으로 태워라!"

그리고 문을 탁 닫고 가버렸다.

법정은 노트를 주워 들고 아궁이 앞까지 갔다. 공양 시간이 지나 아궁이 속은 검은 동굴 속 같았다. 솥에 물을 붓고 불쏘시개에 불을 붙였다. 장작불이 이내 타올랐다. 노트를 던져야겠는데 왜 눈물부터 쏟아지는지 모를 일이었다.

그는 눈물을 흘리면서 자신이 쓴 글을 읽어보았다. 세상에 이처럼 아름다운 이야기가 있고 이렇게 잘 쓴 글이 있을까 싶었다.

그런데 태우란다. 네미, 스님이 선방에 앉아 도만 닦으면 뭐하누. 이런 글이 세상에 나가봐라. 중생들이 재밌어 감화하고 마음병이 고쳐지고, 그럼 그게 바로 부처님의 법을 널리 펴는 일이 아닌가. 뭘 모르면서. 내가 선방에 앉아 백 번 깨치면 뭐하누.

결국 법정은 그날 자신의 노트를 태우지 못했다.

스승은 묻지 않았다. 노트를 태웠느냐? 분명히 그렇게 물을 것 같았는데 묻지 않았다. 만약 물었다면 '아닙니다' 하고 대답하지 못 했을 것이다.

그래서 스승에게 더 죄송하고 겁이 났다. 노트를 숨겨 놓기는 했지만, 그때부터 법정은 글 쓰는 것을 그만두었다. 산을 내려가라고 해도 내려가지 않고 스승의 가르침을 받아들였다.

처음에는 어깃장을 놓기도 했다.

"출가하고 처음 한 10년간은 문자를 가까이하며 가닥을 잡고, 그 다음에 만행을 나가 세상맛을 10년쯤 본 뒤 비로소 선정에 드는 것이 한국 불교의 전통 아닙니까?"

하지만 통하지 않았다. 하기야 경전을 읽는 것과 속가의 책을 읽는 것은 다르다. 승이 경전을 읽는 것은 승으로서 나아갈 길을 잡기 위함이요, 속가인이 글을 읽는 것은 자기 인격을 완성하고 나아 갈 길을 잡기 위함이다. 속가로 돌아가지 않을 양이면 속가의 책을 읽을 이유가 없다. 자꾸만 속가에 정신이 팔리는 것은 그만큼 정신 무장이 되어 있지 않기 때문이다.

이제부터는 더 철저히 절집의 규범에 엄격하리라 다짐을 하는데도 스승은 모질었다. 어떡하든 옳은 중을 만들어보려고 혹독하게 법정을 가르쳤다. 그는 말로만 가르치지 않았다. 자신이 모범을 보였다. 스승 자신이 승으로서 계율을 어기지 않았다. 햇중 사미 법정이 보고 배울 것이라 생각했기 때문이다. 아니, 본시 그런 생활이 몸에 밴 때문이었는지도 모른다. 스승은 무엇에나 철두철미했다. 덥다고 하여 승복을 벗어 방만한 모습을 보인 적이 없었다. 삼복더위에도 가사와 장삼을 벗지 않았다. 법정이 산에서 나물을 뜯어 와 공양을 지어 올리면 큰절에서 하던 그대로 죽비를 치고 심경을 외웠다. 그러고는 엄숙하게 앉아 음식을 들었다.

법정은 하루에 나무를 석 짐씩이나 해 날라야 했기에 언제나 배가 고팠다. 시간이 되지 않으면 결코 밥을 먹을 수 없었다. 자칫 때를 넘기기라도 하면 굶어야 했다. 그만큼 스승은 엄격했다. 시장에 찬거리를 사러 가거나 사하촌에 심부름을 가더라도 제시간에 꼭 돌아와야 했다. 비가 오나 눈이 오나 시간만은 지켜야 했다.

어느 날 몹시 쏟아지는 비를 피하느라 법정이 조금 늦은 것을 효봉 스님은 결코 용서하지 않았다.

"이놈, 그깟 비를 피하느라 부처님에게 제때 공양을 올리지 못 하는 불충을 저질렀으니 무간지옥고를 면치 못하리라. 부처님과의 약속은 이 우주와 한 약속이며, 나와의 약속은 이 절 대중과 한 약속이다."

"스님, 여기 대중이 어디 있습니까?"

너무한다는 생각이 들어 법정이 어깃장을 놓자 효봉 스님의 눈에서 불이 터졌다.

"이놈, 보이지 않느냐?"

"뭐가 보인다는 것입니까?"

"보아라. 배고픈 대중의 넋들이 소리치고 있지 않느냐. 배가 고프다고 소리치지 않느냔 말이다. 오늘부터 너와 나는 밥을 굶어야 할 것이다. 그 밥은 모두 저들에게 주어야 할 것이다."

단식이었다. 공양을 지었지만 부처님 전에 마짓밥을 올리고 남은 밥은 구명시식으로 배고픈 넋들을 위해 올려야 했다.

어느 날 법정 사미가 쌀을 씻다가 몇 알 흘리자 수챗구멍에 알알이 박힌 쌀알을 한 알도 남기지 않고 주워 먹게 했다. 등산객이나 신도들이 가끔 올라와 밥찌꺼기를 수채에 버리고 가면 그릇과 젓가락을 가져오게 하여 자신이 모두 건져 먹었다. 촛불의 촛농조차 마음대로 버리지 못했다. 그것을 모아 다시 써야 했다. 하룻밤에 성냥 한 개비 이상은 쓸 수 없었다. 첫 불을 일으키면 초에 붙인 뒤 재빨리 돌아가며 붙여야 했다. 그 불은 잠자리에 들 때까지 켜져 있어야 했고, 그러면 다시 성냥을 쓸 일이 없었다.

법정은 그런 스승이 원망스러웠다. 탑전을 나와 미래사로 돌아와서도 스승의 절약 정신은 그대로였다.

"출가해서 수도하는 사람은 무엇이든 아끼고 절약해야 하는 게야."

효봉 스님은 늘 그렇게 가르쳤지만 사미 법정은 그때까지도 정신을 못 차리고 있었다. 그래도 효봉 스님은 절망하지 않고 그를 가르쳤다.

"무엇이든 아끼고 절약하는 것이 곧 시주한 사람의 은

혜에 보답 하는 길인 게야."

효봉 스님은 가난하게 사는 것이 부끄러운 일이 아니며, 그 가난을 이겨내는 지혜가 곧 부자 살림이라고 가르쳤다. 신도들이 가져다 바치는 시주물을 아끼고 아끼는 것이 어떻게 보면 좀스러운 짓 같지만, 도량을 위한 큰마음의 발로이니 그것이야말로 바로 참다운 무소유의 정신이라고 누누이 가르쳤다. 그 무소유가 참으로 전부를 가지는 것임을 알아야 한다고 가르쳤다.

어느 날 두 어린 시자가 싸웠다. 한 시자가 산에서 꽃을 꺾어 와 꽃병에 꽂아 두었는데 주지 시자가 그걸 가져다가 제 스님 방에 놓았던 것이다. 주지 시자는 시침을 뚝 떼고 자기 것이라고 했다. 입승 스님도 말릴 수 없었다. 벌을 주려고 세워놓았는데 잠시 한눈 파는 사이에 주먹질이 오갔다.

효봉 스님이 나중에 그걸 알고는 법정에게 이렇게 물었다.

"법정아, 남천참묘南泉斬猫의 화두를 아느냐?"

그때까지만 해도 법정은 나무해 나르랴 공양 지으랴 도량 청소 하랴 눈코 뜰 사이 없이 일만 하던 터라 그런 화두를 알 리가 없었다. 어쩌다 경전을 읽어도 어느새 그것을 글로 옮기고 있었으니, 참으로 지독한 미련이었다. 그는 혹시나 해서 필명도 하나 지었다. 언제 노트가 발각될지 모르기 때문이었다. 이름을 바꿔놓으면 알 게 뭐랴. 아니, 언제나 봄이 올까 싶은 심정에서였다. 아, 언제나 봄이 올까. 웃자. 슬플수록 웃자. 언제나 웃고 사는 산인이 되자는 뜻에서 소소산인笑笑山人이라 짓고 나니 그럴 듯했다.

그런데 그런 그에게 스승이 문득 남천참묘 화두를 물은 것이다.

"모릅니다."

법정은 솔직히 대답했다.

효봉 스님이 고개를 주억거리다가 이런 말을 했다.

"조주 무자 화두를 내린 조주화상에게 남전 스님이란 스승이 있었다. 속가 사람들은 남천 스님이라고도 하지만 천이 아니라 불교에서는 전 자로 읽고 쓰느니라. 그래서 남전 스님인데, 하루는 동당과 서당 간에 고양이 한 마리를 놓고 자기 것이라고 우겨대는 일이 일어났다. 아주 예쁜 고양이가 언젠가부터 무료한 스님들에게 다가와 재롱을 피워대니 얼마나 귀여웠겠느냐. 지나가던 남전 스님이 고양이 목을 잡아 쥐었지. 그러고는 소리치기를, 도를 득하면 살리고 도를 득하지 못하면 고양이를 베겠다고 그랬단 말이야. 자, 그러니 이 일을 어이해야 하겠느냐? 스님들이 어찌할 줄을 몰라 아무 소리도 못 하자 남전 스님은 들고 있던 칼로 고양이 목을 따 버렸어. 그날 외출했다가 늦게 돌아온 조주 스님에게 남전선사가 낮에 있었던 일을 말하니, 조주 스님은 아무 말 없이 짚신을 벗어 머리에 이고 나갔고, 그 모습을 본 남전선사가 이렇게 말했지. '아, 네가 있었더라면 고양이를 살릴 수 있었을 것을…….'"

법정은 그 순간에도 묵묵부답이었다.

"법정아, 자고로 소유와 무소유를 이처럼 극명하게 보여준 예가 어디 있겠느냐. 모름지기 출가자는 소유라는 게 자신을 옭아매는 늪임을 항상 인지하면서 살아야 하느니라. 자신의 소유욕이 타인에게는 죽음보다 더한 고통일 수도 있기 때문이다."

"큰스님, 어떻게 보면 무소유야말로 이기적 발상이 아닐까 싶습니다."

"그렇다. 하지만 지혜로운 무소유가 너의 불성을 일깨울 때 너는 무소유의 진정한 모습을 볼 수 있으리라."

스승 효봉은 그렇게 틈날 때마다 무소유를 강조했다. 그래도 법정은 책과 글에 대한 연을 끊지 못했다.

그렇게 알음알이를 멀리 하라고 해도 말을 안 듣고, 무소유를 가르쳐도 귀 너머로 들었다. 그런 법정에게 어느 날 네팔에서 열리는 세계불교도대회에 효봉 스님이 참석한다는 소식이 들려왔다. 도반들은 효봉 스님을 수행할 사미 법정을 부러워했다. 사형들은 외국에 나가서도 한결같이 스승님을 잘 모셔야 한다고 당부했다. 그런데 정작 스님은 홀로 가버렸다. 도반이나 사형들은 안됐다는 반응을 보였지만 법정 자신은 잘됐다 싶었다.

"아이고, 이제야 내가 풀려났구나."

법정은 해방감에 들떠 바랑을 싸서 절을 나와버렸다.

나중에 들으니, 네팔에서 돌아온 효봉 스님은 외국에서 충격을 많이 받았는지 좀 변했더라고 했다. 자유로워졌다고 할까. 그렇게 꺼리던 시정 출입도 자주 하고, 그때까지도 마무리되지 못한 종단 정화 문제에도 적극적으로 나섰다. 종회 의장에 추대되자 사양하지 않았고, 1957년 일흔이라는 고령에 총무원장 직까지 맡았다는 것이다.

어느 날 효봉은 시자에게 지필묵을 가져오게 하더니 다음과 같은 글을 써 벽에다 걸었다고 한다.

큰 집이 무너지려 하니 여럿의 힘으로 붙들어라

大厦將崩 衆力扶持

효봉 스님이 총무원장 직을 맡은 지 1년이 막 지난

1958년 2월, 원효대사의 아들 설총의 45대손인 종정 석우 대선사가 입적했다. 석우 대선사가 입적하자 효봉 스님이 새 종정으로 추대되었다.

종정이 된 효봉 스님은 종단정화사업과 불교 중흥을 위해 양주 홍국사로 자리를 옮겼다. 서울이 가까운 곳이었다.

문득 한 번 웃고 머리를 돌려 서니

1959년.

시국이 어지러울 때였다. 학생들이 이승만 독재정권에 맞서 거리로 나섰다. 그런 와중에 법정은 스승의 품에서 벗어나 이곳저곳을 떠돌았다. 역시 그의 바랑에는 그렇게도 자랑스러운 노트가 들어 있었다. 그는 시간이 날 때마다 글을 썼다. 한 편의 설화를 쓰고 나면 이게 바로 중생제도지 싶었다.

법정은 통도사 금강계단에서 자운 스님을 계사로 구족계를 받았다. 사미에서 비로소 비구계를 받은 비구가 되었다. 같이 받은 도반이 30명이었다. 습의 산림이라고 하여 일주일 동안 계행을 익히는 훈련을 엄격하게 받았다.

무려 250가지나 되는 출가자의 생활 규범을 대덕 스님들을 증사로 모시고 맹세했다.

비로소 비구가 되었지만 이승만 독재의 만행이 깊어갈수록 법정은 이상한 회의가 들었다. 비록 승이 되어 세속의 인연을 끊었다지만 승의 염원은 보살 정신에 있다. 보살이 무엇인가. 중생의 비원을 수레에 싣는 이다. 중생의 고통을 치료하는 이가 보살이다. 그런데 중생이 고통받고 있다. 사미 때 느낄 수 없었던 승으로서의 보살 정신이 비구가 되고 나서야 생겨난 것은 비로소 중이 되었구나 하는 기쁨과 기대가 크기 때문인지도 몰랐다.

아무튼 사회적 상황, 그리고 공동체의 삶, 그 터전에 함께 살면서 이토록 무관해도 좋을 것인가 하는 의문이 꼬리를 물었다. 왜 승은 중생을 위한다면서 등을 돌려야 하는지, 사회적 정황과 공동체 속에서 등을 보여야 하는지 이해가 되면서도 이해하기 싫었다. 그러나 자신은 승이었다. 승이 되었다면 승답게 자기 본분에 충실해야 했다.

1959년 4월 15일, 드디어 해인사 전문 강원에서 명봉 화상을 강주로 대교과까지 마쳤다. 대교과를 졸업하긴 했지만 갈등이 없지 않았다. 경전을 공부함으로써 진로에 대한 가닥이 잡힐 줄 알았는데 그렇지 않았다.

선을 함께 지향하던 사람이 늘 경전을 가까이할 수도

없는 일이었다. 더욱이 읽을 경전이 산더미 같지만 무엇보다 경전의 말씀들이 살아 있는 게 아니라는 생각이 끊이지 않았다. 경전 자체가 한문으로 되어 있어 사실 배우지 못한 사람들에게는 아무 소용이 없었다. 검은 것은 글자요 흰 것은 종이라고 하더니, 한문투성이의 경전, 참으로 기가 막힐 일이었다. 그렇다고 평생 중생을 위해 경전 번역에만 매달릴 수도 없는 노릇이다. 만행도 하고 참선도 해야 했다.

강원으로 내려갔더니 대강백 명봉 스님이 말했다.

"뜻은 대승에 두고 행동은 소승처럼 해야 할 것이야."

무슨 말인지 알 것 같았다. 《화엄경》을 잡았다. 그 경전을 읽고 우리말로 옮겨봐야겠다는 발심을 굳혔다. 언제나 가사 장삼을 수하고 경건하게 작업에 임했다. 주어진 작은 방 앞에 '笑笑山房'이란 현판까지 걸었다. 나중에 불교사전을 편찬하게 되는 운허 스님이 어느 날 와서 보고는 허허허 웃었다.

"소소산방이라! 좋구나!"

그때 이미 운허 스님은 법정의 글재주를 알아보고 고개를 주억거렸다.

한국 승가의 전통은 보통 세 단계의 공부 방법을 따르기 마련이다. 사미에서 시작해 강원을 나와 경전을 10여년 읽고 불교의 요의를 알아 가닥을 잡은 다음, 만행을 10년 정도 하면서 세상 이치를 알고, 그 후 참선을 하는 게 일반적인 통념이요, 하나같이 그렇게들 하고 있었다.

선가는 문자를 멀리하면서도 그것을 받아들이는 입장이었다. 한국 불교는 겉에서 보면 선인데 안으로 들어가 보면 학이란 말이 나온 것도 그 때문이었다.

그래도 제대로 된 선승들은 경전을 가까이하지 못하게 했다. 알음알이가 오히려 선에 방해가 된다고 보기 때문이었다. 당대의 선승, 가야산 호랑이라고 불리는 성철 스님 역시 책을 방 안 가득 쌓아놓고도 수좌들에게는 경전을 가까이하지 못 하게 할 정도였다.

경전을 들여다보니 오히려 해가 되더라, 그 말이었다.

그는 나중에 학승을 지해종도知解宗徒라고 못 박으며, 한국 불교의 종조인 보조 지눌을 향해 극언까지 서슴지 않았다. 성철 스님이 말한 지해종도란 바로 경전을 끼고 앉은 학승, 즉 돈오점수파頓惡漸修派를 가리킨다. 그러니까 지금이라도 한국 불교의 전통인 돈오점수, 즉 교학파를 물리쳐야 한다는 말이었다.

물론 나중에 불거진 일이지만, 오늘에 생각해보면 성철 스님의 비판은 엄밀히 말해 석존의 말씀을 정면으로 거부하는 행위였다.

7백 년 한국 선불교는 선을 주장하면서도 석존의 말씀을 정면으로 거부해오지 않았다. 자세히 살펴보면 우리나라의 불교 사상은 교학이었지 선학이 주를 이루지 않았다. 석존의 말씀을 받들어 수행해온 종조 보조 지눌에서 시작된 교학 곧 돈오점수는 우리나라의 정신적 지주가 되었고, 한국 불교는 그에 의존하여 찬란히 그 명맥을 유지해왔다.

그런데 선승 성철이 7백 년 한국 선불교의 대맥으로 이어온 돈오점수론을 "독 있는 나무가 뜰 안에 돋아났으니 베어버리지 않을 수 없다"고 소리치며 질타했던 것이다. 세상은 깜짝 놀랐고, 불법이 생긴 이래 끈질기게 싸워온 선과 교의 논쟁이 다시 불붙기 시작했다. 하루가 멀다 하고 교승과 선승이 맞붙어 싸웠다. 선승은 교승을 알음알이나 밝히는 지해종도라고 폄하하고, 교승은 선승을 부처님의 말씀을 업신여기는 패도라고 못 박았다. 선승은 석존이 어찌 경전을 읽고 깨침을 얻었느냐고 했고, 학승은 불교를 모르면서 어찌 불법을 안다 할 수 있느냐고 소리쳤다.

그렇게 싸우면서도 엄밀히 말해 석존을 부정하는 것은 아니었다. 어디까지나 석존을 종조로 한 싸움이었다. 그들은 분명 닦음과 깨침의 차이를 알았다. 돈오돈수頓悟頓

修를 주장하며 돈오점수를 질타하거나, 돈오점수를 주장하며 돈오돈수를 질타하면서도 결코 종조인 석존을 부정하지 않았다.

성철 스님은 학승을 배격하면서도 팔만대장경이 있는 장경각의 대주로 있었고, 효봉 스님은 경허와 만공의 선맥을 이었으면서도 성철 스님이 배격하는 보조 지눌을 종조로 하는 송광사에 주석하고 있는 마당이었다.

법정은 오늘날 학승이나 선승이 만든 수행 규칙까지도 철저히 거부해버리고 싶었다. 학이고 선이고를 떠나 옛날 석존이 하던 대로 수행하고 싶었다. 법당 문을 활짝 열어젖히고 스스로 먹을거리를 길러 먹으며 살고 싶었다. 걸식을 하나 어떤 공양물, 시주물도 받지 않았으면 했다. 오히려 자신들이 지은 농작물을 없는 이에게 나누어주고 싶었다. 그들을 불교 세계로 인도하는 게 승의 도리라고 생각했다.

부처님의 말씀을 듣고 싶으면 경을 읽고, 부처님의 뜻을 알고 싶으면 좌선에 들고 싶었다. 그것이 승의 수행이요 실천이 아닌가 싶었다. 철저히 무소유한 삶을 살고 싶었다. 집을 갖고 싶지 않았다. 어떤 사유물도 갖고 싶지 않았다. 헌신을 강요하고 싶지도 않았다.

오히려 헌신하고 싶었다. 헌납을 강요하고 싶지도 않았

다. 오히려 헌납하고 싶었다. 헌금을 강요하고 싶지도 않았다. 오히려 헌금하고 싶었다. 신체를 구속하거나 정신을 유린하거나 확실치도 않은 이론으로 선악을 분별하여 응징하고 싶지도 않았다. 그렇게 그는 가난한 방랑자이고 싶었다.

서로 마음이 맞으면 그곳에 터를 만들어 정착하고 자기 수행에 힘쓰며 가난한 이들을 돕다가 떠나는 삶을 살고 싶었다. 사원을 갖고 싶지도 않았다. 사원을 가질 이유가 없었다. 공터나 들이나 산에 모여 앉으면 그곳이 바로 사원이었다. 그렇다고 장황한 설법을 하고 싶지도 않았다. 그냥 선정에 들 자리만 있으면 그만이었다. 모든 알음알이를 버리지 않는 한 결코 친구가 될 수 없다는 고정관념을 버리고 싶었다. 그러면서도 모든 정보를 지워버리기 위해 묵연히 앉아 우주를 관상하고 싶었다.

그렇게 법정은 철저히 자기만의 신을 원했다. 선과 악, 그로부터의 가치판단, 그로 인한 터무니없는 신들의 관여, 그로 인한 응징, 그런 모든 것을 거부해 버리고 싶었다. 인간만큼도 인간을 용서하지 않는 신들을 거부하고 싶었다. 앞서 전해져온 얘기를 자신의 육성으로 변질시켜 중생을 현혹하는 신들을 거부하고 싶었다. 복종도 경배도 없는 세계, 천상도 지옥도 체벌도 없는 세계, 오로지 인간이 인간으로 남는 세계, 그런 삶을 그는 영위하고 싶었다.

그러나 현실은 그를 용납하지 않았다. 이제 갓 비구로 태어난 자의 치기에 지나지 않는다는 사실을 인정하기까지는 오랜 시간이 걸리지 않았다.

가야산 해인사로 갔다. 강원을 마쳤으니 제대로 선실에 들어앉을 생각이었다. 그곳에서 성철 스님을 뵈었는데, 그는 마침 화선지에 대필을 휘두르고 있었다. 방 안에는 책이 산더미를 이루었다. 학승은 지해종도라고 하던 이가 바로 그였다. 그런데 지금 보니 그는 학승이었다.

성철 스님은 법정이 보는 앞에서 대필묵을 휘둘러댔다. 도저히 이해하기 힘든 풍경이 눈앞에서 펼쳐지고 있었다. 그래서 물었다.

"스님, 스님이 지금 쓰시는 글은 문자가 아닙니까?"

성철 스님은 눈썹도 까딱하지 않았다. 그대로 대필을 휘두르다가 불쑥 한마디 내뱉었다.

"무방無方이다."

"무방?"

법정은 자신도 모르게 되뇌었다. 그제야 성철 스님이 시선을 들어 법정을 쏘아보았다.

"그 이치를 알겠느냐?"

'무방'이라면 모양이 없다는 말이다. 그러니까 모양이

있으되 모양이 없는 세계라는 뜻이다.

정신이 번쩍 들었다.

'뭔가 잘못 생각하고 있었나? 무섭구나.'

역시 큰스님이라는 생각이 들었다.

백련암에 주석하면서 새벽이면 장군죽비를 메고 와 "이 밥도둑놈들아, 아직도 자고 있느냐" 하며 매질을 할 만했다. 눈이 부리부리하고 장부다운 면모가 있어 안거에 한번 들어갔다 하면 일어설 줄을 모른다는 전설적인 사람. 지리산 깊은 산골짜기에서 태어나 독학으로 사물의 이치를 깨치고, 절로 와서는 8년 동안이나 눕지 않고 참선에 매달려 끝장을 봤다고 소문난 사람. 여름에는 삼베, 겨울에는 광목 옷 한 벌에 바리때 하나만으로 지냈다는 사람. 그 한 벌 옷도 손수 기워 입는 무소유의 삶을 실천하는 사람. 성전암에 철망을 두르고 10년 동안 칩거 생활을 하며 수행한 이력은 말할 바 없거니와, 안정사 천제굴에서 수행할 때에는 3천 배를 올리지 않으면 어느 누구도 만나주지 않았던 이.

언젠가 법정은 성철 스님이 스물네 살 때 출가하면서 지었다는 출가송을 읽어본 적이 있었다.

하늘에 넘치는 큰일들은

붉은 화롯불에 한 점의 눈송이요,
바다를 덮는 큰 기틀이라도
밝은 햇볕에 한 방울 이슬일세.
그 누가 잠깐의 꿈속 세상에
꿈을 꾸며 살다가 죽어가랴.
만고의 진리를 향해 모든 것 다 버리고
초연히 내 홀로 걸어가노라.

명문이었다. 세상에 이렇게 호기롭고 글 잘 쓰는 사람도 있구나 싶었는데, 그가 호랑이 눈을 하고 자신을 쏘아보고 있었다. 온몸이 쪼그라드는 것 같았다. 칠통 같은 어둠을 깨뜨리고 마침내 터트린 그의 오도송을 읽을 때의 느낌이 이러했을까.

황하수 서쪽으로 거슬러 흘러
곤륜산 정상에 치솟아 올랐으니
해와 달은 빛을 잃고
땅은 꺼져 내리도다.
문득 한번 웃고 머리를 돌려 서니
청산은 예대로 흰 구름 속에 섰네.

법정은 그길로 선원으로 들어가 선을 익혔다. 성철 스님의 무방이란 말을 떠올릴수록 세상 사람 몇 명이 그 경지를 이해할까 싶었다. 이해할 수 없다는데 한국 불교의 고뇌가 있을 것 같았다.

선을 익힐수록 해답은 보이지 않았다. 암울한 한국 불교의 현실이 신참 비구에게는 그대로 절망이었다. 법정의 눈에는 하나같이 종교의 본질이 무엇인지 망각한 채 전통과 타성에 젖어 지극히 관념적이고 형식적이며 맹목적인 수도 생활을 영위하는 것 같았다. 그리고 서서히 자신도 그 세계 속으로 용해되어 가고 있었다.

아침저녁으로 장경각에서 예불을 드렸다. 자신을 응시하는 일에 힘을 쏟고자 함이었다.

길은 보이지 않았다. 당장에 자신의 본래면목조차 보지 못 한다는 사실이 더욱 절망스러웠다. 가부좌를 틀고 앉으면 왜 졸음은 그렇게 쏟아지는지. 그럴 때면 세상 걱정을 하는 자신이 그렇게 초라해 보일 수가 없었다.

어느 날 도반과 함께 조실의 방으로 들어갔다.

당시 선원의 조실 스님은 금봉 스님이었다. 금봉 스님 역시 만공 스님의 제자였다. 그러니까 만공 스님 문하의 기라성 같은 선승들을 제치고 만공 스님의 뒤를 이은 조실이 금봉 스님이었다. 기인이었다. 늘 담배를 입에 달고 살아 담배 도인으로 통했다. 담배만 잘 피운 게 아니다. 술도 잘 마셨다. 만공 스님도 못 말릴 만큼 그의 술 실력은 자타가 인정하는 바였다. 그 금봉 스님이 두 수좌를 맞이했다.

법정이 금봉 스님을 만난 것은 1955년, 막 출가했을 무렵이다. 효봉 스승을 모시고 있는데 동산, 금오, 청담, 금봉 스님이 불교정화운동을 한다며 와 있었다. 그때도 금봉 스님은 늘 담배를 피웠고, 담배 연기 때문에 누구 하나 그와 한방을 쓰려 하지 않았다. 그러자 효봉 스님은 담배만 보고 금봉의 도는 못 보는 못난 족속들이라며 목침을 들고 금봉 스님의 방으로 갔다. 그러고는 밤새도록 콜록거렸다. 이튿날 법정이 걱정스레 물었다.

"스님, 괜찮으십니까?"

효봉 스님이 웃으며 대답했다.

"깨달음의 향기가 참으로 지독하더구나."

그런 인연 때문인지 금봉 스님은 법정을 따스한 눈길로 바라보았다.

"어쩐 일이냐?"

수좌가 수행하다가 막막하여 찾아왔다는 걸 알면서도 금봉 스님은 법정에게 그렇게 물었다.

같이 들어간 도반이 먼저 입을 열었다.

"저는 본래면목 화두를 하는데 의문이 가시지 않아 공부가 잘 안 됩니다."

본래면목이란, 부모에게서 나기 이전 본래의 내 모습은 무엇이냐는 의문이다.

이 말을 들은 금봉 스님은 즉석에서 다그쳤다.

"본래면목은 그만두고 지금 당장의 그대 면목은 어떤 것인가?"

도반이 그 말을 듣고는 얼어붙었다. 법정도 마찬가지였다. 번쩍 귀가 뜨이고 제정신이 돌아왔다.

법정은 도반과 함께 그대로 방을 나왔다. 더 물을 게 없었다. 그때부터 법정은 섬광처럼 부딪쳐온 그때의 전율 같은 감흥을 안고 수행에 매진했다. 좌선하는 일이 싫지 않았다. 재미가 나고 무료하지 않았다. 잔잔한 기쁨으로 맑은 정신을 지닐 수 있었다.

선 공부를 본격적으로 해보니, 선에도 여러 가지가 있었다. 참선의 목적이 인간과 천지만물의 근원을 밝혀내고 인간의 참된 주체성을 곧바로 열어 진리의 참모습에 이르는 데 있다면, 그 길도 여러 길이 있을 수 있음을 알았다.

간화선看話禪이 대혜종고의 말처럼 화두라는 의식을 가지고 평등일여의 경지에 도달하는 참선법이라면, 묵조선

照禪은 조동종의 선법이었다. 묵조란 글자 그대로 묵묵히 앉아 마음자리의 체體를 관조해 본다는 뜻이다. 그렇기에 정형화된 참구 사항, 즉 화두라는 게 있을 수 없다. 그냥 있는 그대로 비추어 보는 공부, 묵묵히 모든 생각을 끊어 내는 공부가 바로 묵조선이었다.

사실 묵조선은 간화선이 나타날 때까지만 해도 전통적인 수행 방법이었다. 보리달마가 선법을 중국에 전한 뒤 임제에 이르기까지 공안이라는 것은 없었다. 제자의 의문을 스승이 일러줄 따름이었고, 그것이 문자를 두지 않는 선의 본질이라 생각했다. 그래서 그들은 묵조선이 전통 선법이라고 강조하지만, 화두라는 게 무엇이던가. 화두는 바로 진리의 말씀이다. 부처나 조사의 말씀이요 몸짓이다. 그것은 단순한 말이나 행동이 아니다. 끊임없이 문제를 제공하는 의식이다. 깨달음으로 갈 수 있는 징검다리요 사다리다.

법정은 선방에서 나올 때마다 이러다 안짱다리가 되는 게 아닐까 생각했다. 가부좌를 계속 틀다 보니 다리가 휘어지는 느낌이 들었다. 그날도 휴게 시간에 다리를 풀기 위해 도량을 돌고 있는데 문득 대학 때 알고 지내던 고향 친구를 만났다.

"너 재철이 아니야?"

법정은 깜짝 놀랐다.

"스님이 되었다더니 정말이네. 야, 그러지 않아도 너네 집에 몇 번 찾아갔어야."

"아니, 이게 누구야?"

"아이고, 반갑다야."

법정이 엉겁결에 그가 내미는 손을 잡았다. 여긴 어쩐 일이냐는 말도 나오지 않았다. 아마 산행을 하다 들른 것 같았다.

방으로 들어와 차를 마주하고서야 친구가 물었다.

"너 할머니 소식은 들었냐?"

"할머니?"

"그래. 가는 날이 장날이라고 혹시 널 만날 수 있을까 하고 너네 집에 갔더니 할머니 장례식날이었지라."

"그게 언젠데?"

"얼마 되지 않았당게."

법정은 눈물이 핑 돌았다. 그렇잖아도 마음이 소란스러운데 친구는 부채질이나 하듯 말을 이었다.

"너네 어머니 말 들어보니까 너 많이 찾았다 하더라. 돌아가시기 직전까지 너 한 번만 보고 죽으면 원이 없겠다고."

어느 날, 바로 이 친구와 싸우고 돌아온 날이었을 것이다. 고등학교에 다닐 때였다. 이 친구에게 법정이 꼭 갖고 싶은 책이 한 권 있었다. 보지도 않는 것 같기에 빌려달라고 했다. 친구는 빌려주지 않았다. 그럼 팔라고 했다. 팔지도 않겠다고 했다. 집안이 어려워 새책을 살 엄두가 나지 않는데 빌려주지도 않겠다, 헌책값으로 팔지도 않겠다고 하니 화가 났다.

친구와 주먹다짐을 하고 돌아오니, 작은아버지 집에서 와 있던 할머니가 재철의 얼굴을 보고 펄쩍 뛰었다.

"너 꼴이 왜 그러냐? 싸웠냐?"

"아니요. 넘어졌어라."

"넘어져? 넘어졌는데 얼굴이 그래야?"

책가방을 던지고 방으로 들어가버리자 할머니가 따라 들어왔다.

"너 누구하고 싸웠냐?"

"아니랑게요."

그때였다. 친구 어머니가 친구를 데리고 들어섰다. 마침 문이 열려 있었다. 할머니와 재철을 발견한 친구의 어머니가 달려왔다.

"아니, 으떻게 애를 패 조졌기에 이 꼴이랑가?"

할머니가 보니 제 손자보다 얼굴이 말이 아니었다. 그런데 할머니는 오히려 친구의 멱살을 잡고 늘어졌다.

"이놈, 네놈인겨? 네놈이 내 손주를 저래 조져놓은겨?"

따지러 왔던 친구 어머니의 입이 딱 벌어졌다.

"오메, 이 할마씨 좀 보소. 뭔 일이랑가? 방귀 뀐 놈이 큰소리친다더만, 그 손 못 놓겠어라?"

"못 놓겄다. 으쩔기여?"

"이 할마씨가 미쳤나."

친구 어머니가 달려들어 할머니를 확 밀쳐버렸다.

친구 어머니는 그 길로 병원에 가 진단서를 끊어서는 친구를 끌다시피하고 법정의 집으로 왔다. 그리고 재철과 할머니 앞에 진단서를 내흔들었다. 마침 재철의 어머니가 찬거리 때문에 나갔다 들어오다가 무슨 일이냐며 달려왔다. 친구가 제 어머니에게 소리를 질렀다.

"엄니, 그만허랑게요. 친구끼리 싸우다 보면 그럴 수도 있는 거지 뭔 살판났소?"

"뭣이여? 너 방금 뭐라 그랬냐?"

어이가 없는지 그의 어머니가 아들을 향해 눈을 치떴다. 친구가 에잇, 하면서 제 어머니의 손에 있는 진단서를 뺏어 북북 찢더니 나가버렸다.

그날 할머니는 싸움의 원인이 책이라는 걸 알고는, 버선목에 꼬깃꼬깃 숨겨둔 쌈짓돈을 꺼내 재철을 끌고 책방으로 가 그 책을 사 주었다. 나중에 어머니가 가슴을 쳤다.

"이놈아, 그 돈이 으뗜 돈인 줄 아는겨? 니 할미 죽기 전에 수의할 돈이었어. 죽을 때 수의라도 입고 가야 할 게 아니냐, 하시며 모은 돈이란 말이여."

그 할머니가 돌아가셨다. 수의는 입고 가셨는지…….

그 후로 이 친구와는 더 친해져 대학도 함께 들어가고 형제처럼 지냈다. 그리고 나중에야 알았다. 친구가 왜 그렇게 그 책을 안고 있었는지.

친구는 어느 날 책방에서 그 책을 보고는 너무 갖고 싶다는 마음이 들었다. 무슨 짓을 해서라도 책을 사야 할 것 같았다. 친구네 역시 형편이 좋지 않았다. 집으로 돌아가 어머니를 보자 돈 달라는 말이 나오지 않았다. 집에 돈 될 만한 게 없나 살피다가, 돌아가신 아버지가 생전에 쓰던 놋쇠 밥그릇을 부엌 찬장에서 발견했다. 한동안 할머니가 죽은 아들 생각에 밥을 떠놓던 그릇이었는데 세월이 흘러 그대로 찬장에 방치되어 있었다. 옳다구나 하고 놋쇠 밥그릇을 갖고 나갔다. 일인들이 전쟁 막바지 물자가 모자라 놋쇠 그릇을 있는 대로 걷어 갈 때였다. 놋쇠를 녹여 그릇을 만드는 방짜점에 가져가면 값이 꽤 나갈 터였다. 친구는 그날 놋쇠 그릇을 팔아 책을 샀다. 아버지의 밥그릇과 책을 바꾼 것이다.

아버지의 제삿날 난리가 났다. 아버지의 밥그릇이 어디

갔느냐며 식구들이 한참을 찾았다는 것이다. 친구는 돌아가신 아버지에게 절을 할 엄두도 나지 않았다. 눈물만 쏟아졌다고 했다.

"그것도 모르고, 미안하다."

그렇게 둘 사이의 오해가 풀렸다. 그 친구에게서 들은 할머니의 죽음 소식은 충격이었다. 그래도 친구를 보내면서 법정이 말했다.

"날 보았다고 하지 마라."

친구는 알겠다는 듯이 마주잡은 손을 놓고 산을 내려갔다. 법정은 중이 되고 나서 처음으로 울었다. 자다가도 벌떡벌떡 일어나곤 했다. 그렇게 한동안 할머니 때문에 마음이 복잡했다.

마음이 복잡해서인지 눈을 반개하고 아무리 삼매의 경지로 들어가려 해도 잡념만 일었다.

에라, 모르겠다 싶었다. 경전을 읽다가 문득 예전에 써놓은 설화가 생각났다. 바랑에서 노트를 꺼내 읽기 시작했다. 자신도 모르게 또 글에 매달리고 있었다.

<불교설화> 봄길에서

봄—

그러니까 하늘과 땅은 그 무거운 핫옷을 벗고 있었다.

산은 움터오는 새싹으로 온몸이 가려워 아른아른 아지랑이를 피우면서 이따금 재채기를 하였다.

새들은 맑은 목청으로 새싹들을 간지럽히고 시냇물은 가슴을 풀어해친 채 새노래를 받았다.

허공을 지나는 구름도 물이 오른 나뭇가지의 눈매에 이끌려 가지 끝에서 서성거리고 있었다.

깊은 산골짜기에 있는 산울림영감도 이런 날은 바위에 나와 앉아 이라도 잡을 듯한 그렇게 따스한 봄날—

양지바른 산자락에는 저마다 화려한 매무새를 하고 한무리의 산짐승들이 파아란 새싹 위를 딩굴면서 한가롭게 놀고 있었다. 까마귀와 사슴과 비둘기와 뱀과…

그때 아침 산골 깊숙한 곳에 토굴을 모으고 도를 닦고 있던 도사가 한 사람 거기를 지나게 되었다. 산짐승들은 그 도사를 보자 반기면서 쉬어가시라고 입을 모았다.

도사도 평화롭게 놀고 있는 모양이 하도 오붓해서 그들 곁에 앉으면서 이렇게 말했다.

"너희들은 정말 오손도손 의좋게도 지내고 있구나."

"그럼요. 이런 자미로나 살지요. 그런데 스님은 혼자서 무슨 자미로 산에서 살아요?"

"무슨 자미로 사느냐고? 글쎄 나는 산이 좋아 산에서 사나 보다. 허허…"

"아이 참 스님도."

하며 비둘기는 고운 눈으로 가볍게 흘겼다. 도사는 그들을 조용히 바라보면서 물었다.

"보기에 이렇게 행복스러운데 너희들에게도 괴로움 같은 것이 있니?"

그들은 하나같이 입을 모아 대답했다.

"있고말고요."

까만 스웨터를 입은 까마귀는 성큼성큼 도사 곁으로 다가서면서 이렇게 말했다.

"스님, 무어니 무어니 해도 먹을 게 없는 것이 가장 괴롭더군요. 촐촐 굶었다고 생각해보세요. 사지는 맥이 빠져 느른해지고 머리는 핑핑 돌며 마지막엔 말할 기력조차 잃어버리지 않아요? 저는 남들이 무어라 하든 우선 먹을 것이 넉넉해야 마음이 놓여요. 먹을 게 없는 것처럼 괴로운 일이 또 어디 있을까요."

이 말을 듣고 있던 사슴은 맑은 눈으로 먼 하늘가를 바라보면서 나직하게 말했다.

"저 애는 먹을 것밖에 모르나봐. 그런 것은 찾아다니면 얻을 수도 있지 않어? 하지만 난 무서운 것처럼 싫은 것은 없더라. 저쪽에서 오고 있는 사냥꾼의 눈에라도 띠어보아라. 그때의 무서움이란 말로는 다할 수 없어 붙들리지 않으려고 이 네 다리로 죽자고 이리 뛰고 저리 뛰지만 어디서 몰잇꾼이 나타날는지 몰라 간신히 피했다고 생각할 사이도 없이 이번에는 불쑥 총을 겨눈 포수가 앞을 막아서면 나는 그만 빳빳하게 서버릴 수밖에 없어. 너는 먹을 게 없는 것이 가장 괴롭다고 하지만 그래도 그것을 찾을 때는 기쁨도 있을 거야. 도망칠 때의 마음이란… 아, 생각만이라도 괴로워. 괴로워!"

사슴은 지금 당장에 쫓기기라도 하는 듯이 새파랗게 질려 오들오들 떨기 까지 했다.

이때 비둘기는 따스하게 쪼이는 봄볕 아래서 열심히 매니큐어를 바르고 나서 빨갛게 윤기 나는 자기의 손톱을 취한 듯이 내려다보고 있다가,

"나는 그렇지 않어." 하고 불쑥 말을 꺼냈다.

"먹을 것은 배고프지 않을 만큼 얻으면 되고 사냥꾼들이 오더라도 내게는 날을 수 있는 날개가 있기 때문에 아무렇지도 않어."

비둘기는 도사의 얼굴을 말끄러미 쳐다보면서 말을 이었다.

"하지만 스님, 제가 가장 괴롭다고 생각되는 것은 욕심을 억누르는 일일 것 같애요. 한번 가지고 싶다거나 아깝다는 생각이 들기 시작하면 그대로 배겨낼 수가 없기 때문이에요. 온몸은 불타오르고 가슴은 미어지는 듯 괴로워요. 저는 무엇보다도 이 욕심이란 놈이 세상에서 제일 괴로운 일이라고 생각해요. 스님, 그렇지 않으세요?"

하며 말괄량이 비둘기는 도사에게 응원이라도 청하듯 눈짓을 보냈다. 도사는 아무 말도 없이 그저 빙그레 웃고만 있었다.

봄의 꽃들이 무색하리만큼 화사한 옷차림에 입술연지까지 바른 뱀아가씨는 가벼운 애교까지 부리면서 이렇게 말했다.

"아이 참, 너희들은 별일도 아닌 것들을 가지고 수선들이구나. 먹을 것쯤이야 찾기만 하면 얼마든지 있는 것, 또 적에게 쫓길 두려움이 전혀 없는 것은 아니지만 별로 잡아먹힐 것까지야 없지 않겠니? 그리고 욕심이 괴로운 것이라곤 생각지 않아."

하고 목소리를 가다듬으면서 말을 이었다.

"그런데 나는 말이야, 성이 나는 것이 가장 괴로워. 울컥 화가 치밀어 '이걸 그냥!' 하는 생각이 들면 나는 괴로워 죽을 지경이야. 머리를 곤두세우고 눈알을 반짝이면서 달려가는 걸 남이 보면 혹시 신나게 여길지 모르지만 그럴 때면 내 이 차거운 심장에도 불꽃이 일어 견딜 수가 없어. 성내지 말자, 성내서는 안 된다고 항상 속으로 다짐하지만 그건 내 천성인 모양인지 걸핏하면 화가 치미는 걸 어떻거니? 그래서 난 이 성내는 것이 가장 괴로워."

도사는 이제까지 잠자코 그들의 말을 듣고만 있다가 마지막으로 입을 열었다.

"누구나 곁에서 보기엔 아무렇지도 않은 행복스런 얼굴들이지만 그 속을 들여다보면 다들 자기 나름의 괴로움이 있는 법이란다."

"사슴에게는 아무것도 아닌 일이 까마귀에는 대단한 일이고 사슴의 괴로움이 비둘기에게는 아무렇지도 않는 일 같지만 그 대신 비둘기는 사슴이 모르는 괴로움이 있거든. 그리고 또 까마귀나 사슴이나 비둘기의 괴로움 같은 것을 아무렇지도 않게 여기는 뱀에게도 자기대로의 괴로움이 있으니 말이다."

도사는 조용히 듣고 있는 그들을 돌아보고 다시 말을 이었다.

"그러니 이 세상은 어디를 가나 괴로움이 있기 마련이란다. 물론 이 세상 끝까지 가더라도 이러한 사실이 절실해진다면 그런 괴로움이 없는 세상이란 어디 있는가를 찾게 될 거야. 모든 것은 괴로움의 세상에서 허덕이고 있다. 나만이 아니라 남들도 함께 이 말에 거짓이 없는 줄을 절실히 알게 되면 너희들도 어쩔 수 없이 불도 수행의 첫길을 내딛게 될 거란 말이다."

산에게도 무슨 괴로움이 있을까?

저렇게 온몸에 아지랑이를 피우면서 이따금 재채기 소리가 쩌렁쩌렁 골 안을 울리는 걸 보면—.

-〈승가라찰경僧伽羅刹經〉에서

_소소산인, 《대한불교》, 1964년 3월 1일.

이상했다. 전과는 달리 이번에는 글을 읽고 나자 눈물이 쏟아졌다. 정말 이상한 현상이었다. 이것도 글이라고 썼나 싶은 생각이 불쑥 드는 것이었다. 그래서 더욱 눈물이 났다. 의미는 심상하지만 글이 왜 이래? 아무리 생각해도 푸성귀 냄새가 짙어 보였다. 사형이 비웃을 만하다는 생각이 자꾸 들었다. 고칠 마음도 나지 않았다. 외로웠다. 글마저 자신을 외면하는 것 같아 외로웠다. 에잇, 글에 신경 쓰지 말자.

도반

안거일이 가까워지자 법정은 글을 멀리 하고 육조의 정두가 모셔진 곳에서 일체를 버리고 깨침을 얻어내고 말리라는 생각에 해인사를 나왔다. 효봉 스승과 수행하던 쌍계사 탑전으로 가기로 한 것이다. 글을 가까이하다 보니 스승이 그때 무엇을 가르치고 싶어했는지 조금은 알 것 같다는 생각이 들었기 때문이다. 11월 15일을 기해 동산 스님, 효봉 스님, 청담 스님이 네팔에서 열리는 제4차 세계불교대회에 참석하기 위해 떠난 참이었다.

홀로 한 철 날 결심을 했다. 쌍계사 탑전에는 사람 그림자라곤 없었다. 안거를 시작하기 전에 준비해야 할 것이 있었다. 삼동을 나려면 식량과 땔나무, 밑반찬이 있어야 했다.

음력 10월 초순.

하동 악양에서 탁발을 했다. 닷새 정도 탁발하자 한 철 날 양식이 모였다. 그것을 지고 암자로 올랐다. 암자로 오르면서 생각했다.

'내일은 배추를 사다가 김장을 해야겠군.'

암자로 들어서자 부엌에서 불빛이 일렁거렸다. 굴뚝에 연기가 피어오르는 게 보였다. 텅 빈 암자에 누군가 흘러든 게 분명했다.

'등산객인가.'

그런 생각을 하며 부엌으로 갔다. 걸레쪽처럼 뜯어진 먹물 법복을 입은 수좌가 아궁이 앞에 쪼그리고 앉아 있다가 인기척에 놀라 얼굴을 돌렸다. 등산객이려니 했는데 스님이었다. 그가 일어나더니 합장을 했다. 법정도 엉겁결에 합장을 했다. 얼굴이 해맑았다. 누구냐고 서로 묻지도 않았다. 묻지 않아도 알 것 같았다. 홀로 안거할 곳을 찾다가 이곳까지 흘러들었다는 말을 들으며 법정은 미소를 지었다. 사실 반가웠다.

효봉 스승을 모시고 있을 때 한 사형이 홀로 토굴 생활을 하다가 병을 얻었다. 그때 효봉 스승은 그를 나무랐다.

"이놈아, 누가 너더러 사서 고생을 하랬더냐. 의식적으로 홀로 고행을 자처하는 놈치고 제대로 된 놈을 본 적이 없느니라. 모름지기 고행이란 고행을 하면서도 고행을 의식하지 않을 때 이루어지는 것. 수행에 연천한 자들이 홀로 있으면 수도하기가 좋을 것 같지만 그 경지에 가 있지 않으면 오히려 장애가 되기 마련인 법."

두 사람은 다음 날 악양 장에서 배추를 사다 김치를 담갔다. 소금물에다 배추를 절여 씻어서 양념을 치댔다. 그러면서 두 사람은 점차 정을 붙였다. 출가한 사문들이기에 그 결속력이 더 빨랐는지도 모른다.

결제 전날. 갖출 것은 갖추자고 두 사람은 의견을 모았다. 큰절에 있을 때처럼 결제방을 짜지는 않았지만 승랍을 따져 차서를 정했다. 승랍은 그 스님이 한 살 위고, 세속 나이는 법정이 한 살 위였다.

법도대로 하자면 그가 안거를 통솔해야 하는데도 오히려 법정의 말을 따르겠다고 했다. 법정이 그럴 수는 없다고 하여 승랍에 따라 그가 죽비를 잡았다. 법정이 밥 짓는 소임인 공양주를 맡자, 스님은 국과 찬을 만드는 소임인 채두를 맡겠다고 했다. 해우소 청소와 법당 청소는 법정이 하고, 큰방과 부엌 청소는 그가 맡기로 했다. 공양은 하루 한 끼. 참선 시간과 휴게 시간까지 정했다.

저녁을 먹고 차를 마시면서도 신분에 관해서는 서로 묻

지 않았다. 법명 정도를 물었을 뿐이다.

"수연이라고 합니다. 물 수水, 그러할 연然 자를 씁니다."

"수연! 전 법정이라고 합니다. 법 법法, 정수리 정頂 자를 쓰지요."

"법의 정수리라, 좋군요."

그뿐이었다. 서로의 이름을 입속으로 되뇌었을 뿐 고향도 묻지 않았다. 본사도 묻지 않았다. 사문이라는 것 하나면 그만이었다. 속가의 고향도 출가한 본사도 이미 과거였다. 속세의 과거가 무슨 소용인가. 모두 버리고 온 것을 알아 무엇할 것인가.

효봉 스승은 누군가 그런 것을 물으면 쓰잘머리 없는 걸 묻는다고 오히려 역정을 냈다. 그래서 효봉 스승의 과거도 별로 알려진 바가 없었다. 판사 생활을 하다 스님이 되었다는 것뿐.

과거를 묻지 않는 것이 승가의 예절이요 법도였다. 한 철 같이 수행하다 헤어지면 그만이었다. 승은 비정을 먹고 사는 동물이다. 비정하기에 부모를 버리고 자식을 버리고 친구를 버리고, 그렇게 속가의 모든 것을 버렸다. 어찌 비정하지 않고 일가를 이루겠는가.

법정은 수연의 억양에서 같은 도 출신이라는 짐작만 했

다. 많이 배운 것 같지는 않지만 침착하고 천성이 고와 보였다. 평생 호탕하게 웃는 법이 없을 듯했다. 그저 희미하게 웃을 뿐이었다. 희미한 미소를 보고 있으면 속이 깊어도 저렇게 깊을 수 있을까 싶었다.

결제 전날이라 마음을 다잡고 있는데, 암자에서 좀 떨어진 토굴에서 홀로 수행하는 노장이 찾아들었다. 노장도 안거를 날 참이었는지 필요한 것들을 사하촌에서 구해 오는 중이었다.

"법정 있는가?"

수연과 마주하고 차를 마시던 법정이 문을 열어보니 노장이 지팡이를 짚고 바랑을 메고 서 있었다.

"어이구, 어쩐 일이십니까?"

법정이 벌떡 일어나 맞이했다. 노장이 방으로 들어왔다.

"못 보던 얼굴이군."

노장이 수연을 보며 말했다. 수연이 잠깐 자리를 비운 사이 만났으므로 노장이 그렇게 물을 만했다.

"안거를 나려고 왔습니다."

"나 요 위에 산다네."

이런저런 얘기를 나누다가 안거 잘하라는 말을 남기며 노장이 일어서자 수연이 노장의 바랑을 멨다. 노장이 왜 그러냐고 묻자 수연은 토굴까지 메다 드리겠다고 했다.

노장이 그럴 필요 없다고 해도 당연히 그래야 한다는 듯이 먼저 길을 나섰다.

하루는 수연이 어디가 아픈지 자꾸 이맛살을 찌푸렸다.

"왜 그러십니까?"

법정이 물으니 속이 좋지 않다고 했다. 하루 한 끼 식사를 하다 보니 이따금 식마食魔에 덜미를 잡혀 과식을 할 때가 있다는 것이다. 자연히 소화기능이 좋지 않을 수밖에 없었다.

"본능 중에서도 식 본능이 제일 무서운 것 같아요."

수연이 말했다. 그러고는 이어서 덧붙였다.

"꼭 시장기에 대한 복수를 하게 되거든요."

법정은 고개를 끄덕였다.

"그렇지요. 복수를 하고 나면 가장 비참한 것이 그것이지요. 또 먹을 것에 지고 말았다는 생각이 들면 숨 쉬기조차 힘들어지지요. 포만한 거친 숨소리가 도반의 선정을 흐려놓을 것 같아……."

"내일부터는 아예 밥을 적게 지어야겠습니다."

"찬이 문제가 아닐까 싶더군요. 찬 맛에 취하다 보면 입맛이 돌기 마련이니까요."

"이상해요. 찬을 만들다 보면 나물 무침 하나라도 어떡하면 맛나게 무칠까 하는 생각에 정성을 기울이게 되거든요. 그 맛에 공양을 턱없이 할 걸 알면서도……. 이율배반이지요."

멀리서 산짐승 소리가 들려왔다. 밤이 깊어가고 있었다. 바람이 만자창을 흔들었다.

다시 결가부좌. 죽비 소리가 울려 퍼진다.

두 도반의 숨소리도 잦아지고 세상은 온통 적막 속으로 잠긴다. 왜 결가부좌만 틀면 잠이 쏟아지는지 모를 일이다. 잠이 한번 쏟아지기 시작하면 밖으로 나가 얼음물을 덮어써도 그때뿐이다. 욕쟁이 스님 춘성선사는 수마를 이기기 위해 한겨울에도 얼음물을 독에 받아놓고 홀딱 벗고 들어 앉았다던가. 어떤 선사는 자꾸만 내려앉는 눈꺼풀이 무거워 칼로 싹둑 잘라버렸다던가.

이게 무엇인가.

시심마를 잡으면 왜 그렇게 망상과 잡념은 일어나는지.

몸을 좌우로 흔들어본다. 그러나 망상은 그대로다. 이미 화두는 도망가버린 지 오래다.

몇 시나 되었을까. 그러다 꾸벅거린다. 수마가 몰려와 눈꺼풀을 물고 놓아주질 않는다. 다리에 쥐가 난다. 엉덩이에 불이 붙을 것 같다. 괜히 군불을 많이 넣었나 싶다.

문을 좀 열었으면, 찬바람이라도 맞았으면 싶다.

왜 이렇게 방선의 죽비 소리는 들려오지 않는 것이냐.

그도 졸고 있는가. 실눈으로 그를 흘끔거려본다. 그의 자세는 흐트러짐이 없다. 편안해 보인다. 억지로 허리를 펴지도 않고 억지 가부좌를 튼 것도 아니다. 그냥 앉았다. 꼭 쉬고 있는 사람 같다.

자괴심이 칼날처럼 파고든다. 자세를 고쳐 앉는다. 정신을 집중해본다.

이게 무엇인가.

벽을 보고 앉았는데 퇴색한 벽은 벽이 아니다. 반개한 눈에 속가의 풍경이 파노라마처럼 흘러간다. 누런 벽이 영사막 같다. 할머니가 옛날이야기를 들려주고 있다. 어머니가 논을 나간다. 작은아버지가 사람들을 배에 태우고 있다. 기성회비를 내지 못해 울면서 돌아오는 어릴 적 모습이 보인다.

다시 자세를 고쳐 앉는다.

이게 무엇인가. 이게 무엇인가. 이게 무엇인가. 아아, 왜 이렇게 정신은 딴전을 피우는가.

옛날이야기를 들려주던 할머니가 돌아오라는 듯 삽짝 앞에 나와 손짓하고 있다.

돌아오너라. 돌아오너라.

돌아가고 싶다는 생각이 든다. 돌아가 눈매 고운 여자를 아내로 맞고 그들과 함께 그렇게 살 비비며 한평생 살고 싶다. 인생이 뭐 별것인가. 왜 사서 이 고생이람.

가슴 밑바닥에서 불길이 울컥 올라챈다. 콧등이 싸하게 아파온다. 미쳤구나. 드디어 미쳐가는구나.

무정하구나. 왜 방선 죽비는 치지 않는가.

나무 석가모니불 나무 석가모니불 나무 석가모니불……. 부처님이시여, 저를 구원하소서!

포행 시간. 함박눈이 소복이 쌓인 도량을 수연 스님과 함께 거닐었다. 책상다리를 오래하다 보니 어느 사이에 다리가 휘어버린 것 같았다.

“세상이 온통 하얗군요.”

법정이 말했다.

“신광이 생각나네요. 달마신사는 왜 신광에게 백설이 붉은빛으로 변하면 제자로 받아들이겠다고 했을까요?”

수연이 물었다.

“신심을 떠보기 위함일 테지요.”

그걸 모를 사람이 어디 있을까. 법정의 상투적인 대답에 역시 수연 스님이 토를 달았다.

“이미 신광이 신심을 보이리라 알았던 것은 아닐까요?”

“그러고 보면 달마는 정신 우위론자일지도 모르겠군요. 신심을 보이라고 신광의 팔을 원했다면 말입니다.”

“신외무물身外無物이라. 본사의 내 스승은 고행하는 제

자들을 나무라곤 하셨지요. 몸이 있어야 도도 이룬다고 말입니다. 부처도 고행을 끝내고 육체의 고통에서 벗어나 드디어 평안을 얻고 해탈의 경지에 이르렀는데, 어찌 제 몸을 업신여기고 일가를 이루겠느냐고. 언뜻 들으면 육체 우위론자의 변명 같지만 요즘처럼 그 말이 뼈아프게 다가온 적이 없는 것 같아요. 내장은 썩어가는데 정신은 거울처럼 맑아지니 말입니다."

"속이 많이 안 좋으신가 보군요."

"아직은 견딜 만합니다. 여기서 물러날 수는 없지요."

수연 스님의 해맑은 얼굴에 전에 없던 결의가 비쳤다. 아, 그러고 보니 안거의 절반이 넘어서고 있었다.

어떻게 견디었나 싶다. 하루 한 끼에 목숨 걸고 화두를 붙잡으면서 어떻게 견디었나 싶다. 그렇게 편안해 보이더니만 정작 수연 스님은 고통을 참고 있었던 모양이다.

본시 안거 중에는 어떤 일이 있어도 산을 내려갈 수 없는 법이다. 도반이 죽어 나가도 눈 속에 묻어 놓고 안거를 끝마쳐야 한다.

'조화'라는 말이 떠올랐다. 육체 우위론자도 되지 말고 정신 우위론자도 되지 말고 육체와 정신의 조화론자가 되어야 할 것이다.

"안거가 끝나면 병원부터 가보셔야겠습니다."

법정이 말했다.

수연 스님이 고개를 주억거렸다.

"그래야지요. 이번 안거를 무사히 마치면 병원에 가서 속을 고치고 어디든 바람처럼 가보렵니다."

바람이 되고 싶다던 사람과의 동행은 그 후로도 계속되었다.

겨우 수마를 이겨냈는가 했는데 이번에는 혼침昏沈이 찾아들었다. 어느 날 정신을 집중하는데 정수리가 터져나가는 것 같더니 그때부터 헛것이 보이기 시작했다. 부처가 와서 손을 내밀고, 호랑이가 포효하고, 사자가 어슬렁거렸다. 하늘에서 천사가 내려오고, 지옥에서 지옥사자가 도르래를 들고 내달려왔다. 기도를 열심히 하다 보면 수호신이 보인다고 하는 경지. 하지만 그것은 헛것, 즉 혼침 상태였다.

혼침 상태는 무려 일주일이나 계속되었다. 일주일이 지나서야 마음이 평안을 되찾았다. 그대로였다. 산도 그대로고 들도 그대로였다. 내 오늘 깨쳤다 하여 무엇이 변할까. 내 오늘 깨치기만 한다면 일시에 세상이 변하리라던 그 자체가 망발이요 소유욕의 원천이었다.

해제를 앞두고 두 사람은 다시 눈밭을 거닐었다.

"속은 좀 어떠십니까?"

"마지막이라고 생각하니 희망이 생깁니다. 비로소 혼침의 세계가 물러가고 이제는 알 수 있을 것 같군요……. 결코 너와 나라는 이원성은 존재하지 않는다는 걸 말입니다."

"그렇겠지요. 다원론은 진실일 수 없지요. 그것을 초월하지 않는 한 결코 해탈에 이를 수 없을 테니까요."

법정이 말을 받았다.

"부정과 부정을 거쳐 대긍정에 이른다는 사실을 알면서도 왜 그렇게 마음 비우기가 힘든지요. 그 마음이 곧 본질이요 직관적인 지혜인데 말입니다."

"한마음은 있어도 그것은 존재하지 않는 것이라고 하시던 스승님이 생각나는군요. 그때는 그게 무슨 말인가 했는데, 주어진 이름이 무슨 소용인가 싶습니다."

수연 스님이 멀리 산등성이로 시선을 던졌다.

"큰절에서도 이제 막바지 용맹정진이 시작되겠지요."

"그럴 겁니다. 잠들지 못하는 도반들이 늘어나겠지요."

"도대체 부처님은 왜 이 세상에 태어나 이런 고통을 우리에게 주셨는지."

"하지만 이번 동안거에도 어떤 이는 진아眞我에 이르렀을 것이고 어떤 이는 자아自我에 이르렀을 겁니다."

돌아와 결가부좌. 해제일이 얼마 남지 않았다. 그래서인지 마음이 어느 때보다 평안하다. 참다운 마음을 찾은 듯한 희열이 샘솟았다. 마음은 깨끗하게 빈 것 같았다. 백정식白淨識의 세계. 무엇도 섞이지 않은 투명한 세계. 그 세계에 머물고 있다는 느낌이었다.

이제 흔들리는 촛불도 하나였다. 하나가 열이요 열이 하나였다. 텅텅 빈 곳에 엄청난 불빛이 들어찼다.

창조됨 없는 창조. 텅 빈 충만.

그런데 느닷없이 스승이 찾아왔다. 분명 존 것이 아니었다. 환영이었지만 결코 환영이라는 생각이 들지 않았다. 스승은 껄껄껄 웃다가 소리쳤다.

"이놈, 아직도 모르겠느냐!"

"무엇을 말입니까?"

법정이 물었다.

"아직도 모르지 않느냐. 네놈의 생각, 자신이 깨달았다는 생각. 그 생각이 끊어진 곳에 진실한 상이 있음을 모르지 않느냔 말이다."

정신이 번쩍 들었다. 스승이 다시 소리쳤다.

"이놈아, 네놈이 보려는 본질은 생각 속에 있지 않다. 생각이 끊어진 곳에 있는 것이다. 그것은 태양의 본성처럼 실재 속에서 빛나고 있다. 그것은 아무리 보려고 해도 볼 수 없는 것이다. 그것은 바람이다. 텅 빈 하늘이다. 명상으로 명상을 초월한 세계 그 너머에 있다. 명상할 그 무엇도 없는 세계이기 때문이다."

해제 전날. 기뻐해야 할 텐데도 두 사람은 말이 없었다. 안거가 끝나면 바랑 메고 어디든 바람처럼 다니자던 약속도 잊은 채 말없이 찻잔을 앞에 두고 앉았다.

"꼭 도박을 하다 다 잃은 느낌입니다."

수연 스님이 말했다.

어설픈 명상을 통해 생겨난 단순한 지적 개념들에 붙잡힌 두 사내. 자신들이 보려고 하는 세계는 이해가 아님을 알면서도 이해하고 있는 두 사내. 이해만큼 더러운 것이 없음을 알면서도 아직도 이해하고 있는 두 사내는 그날 내내 말이 없었다.

다음 날 법정은 소리쳤다. 그대로 주저앉을 수는 없다고 생각한 것이다. 이번 한 번으로 끝낼 수행이던가. 평생을 할 수행인데. 내년도 있고 그다음 해도 있다.

"일단 내일 떠납시다. 바람이 되어 봅시다."

"그럽시다. 그래요."

수연 스님도 한결 밝아져 들뜬 음성으로 미소 지으며 대답했다. 다음 날 행각을 떠나기로 하고, 법정은 때를 씻어버리려는 듯 냉수욕을 했다. 마음 맞는 사람끼리 바람처럼 떠날 생각을 하자 그동안의 인고가 오히려 해방감으로 뒤바뀌어 한없이 마음이 들떴다. 바랑을 챙겨두고 잠이 들었는데 이상하게 몸이 무겁고 머리가 아팠다. 용맹정진하는 사이 몸이 많이 약해졌던 모양이다. 으슬으슬 추웠다. 얼음물 목욕이 감기를 불러온 듯했다.

새벽에 일어나 수연 스님과 해제 불공을 올리고 그대로 드러누웠다. 몸이 떨리고 온몸이 쑤셔 앉아 있기조차 힘들었다.

함께 떠날 것을 잔뜩 기대하고 있던 수연 스님이 안타까운 표정을 지었다.

"하필이면 해제 날……."

"그동안 공부를 제대로 하지 않아 부처님이 벌을 내리시는 모양입니다."

법정의 말을 들으며 수연 스님이 법정의 이마에 손을 얹어보고는 고개를 내저었다.

"큰일이네. 펄펄 끓는데 약방도 없고. 이럴 때를 대비해 항상 상비약을 들고 다녔는데 어떻게 된 판인지 그마저도 바닥났네요."

"괜찮을 겁니다. 이러다 낫겠지요. 그나저나 이제 떠나셔야지요?"

"제 걱정일랑 마십시오."

큰절에서 병을 얻으면 그래도 나은 편이었다. 도반들 중에 상비약을 가진 이도 있고, 또 간병 소임을 맡은 스님이 있어 약이라도 구할 수 있기 때문이다. 하지만 암자에 홀로 떨어져 병을 얻으면 답답하기가 이루 말할 수 없다.

세상천지에 홀로 떨어진 것 같은 뼈아픈 외로움이야 그렇다 치더라도, 물 한 그릇 떠다 주는 이 없고 죽 한 그릇 끓여주는 이 없다. 약방은 수십 리 떨어진 사하촌에 있다. 본시 고뿔이라고 하는 감기는 약으로 낫는 병이 아니라고 위안하며 손님이 나갈 때까지 끙끙 앓을 뿐이다.

곁에 수연 스님이 있다고 해도 상황은 마찬가지였다. 약방이나 의료기관이 가까운 곳에 있다고 하더라도 사실 둘 다 무일푼이었다. 안거 기일에 맞춰 장만한 양식도 바닥이 드러나고 김치도 몇 조각 남지 않았다.

그 무엇도 가진 것 없는, 길 잃은 두 사내. 법정은 수연에게 떠나라고 했다. 같이 고생할 필요 없다고 했다. 양식도 바닥난 마당에 사서 고생할 이유가 어디 있느냐고 했다.

수연 스님은 말이 없었다. 아픈 사람을 두고 떠나기도 그렇고, 남아 있자니 양식이 없어 막막한 모양이다. 큰절에서야 해제가 되면 뒤도 돌아보지 않고 떠나는 게 상례였다. 한철 정붙이고 수행하다가도 제 갈 길로 뿔뿔이 흩어지면 그만이었다. 길 떠날 때의 해방감. 그 느낌…….

잠시 의식을 놓았다가 눈을 떠보면, 떠났으려니 했던 수연 스님이 곁에 있었다. 물을 떠다 주고 밤이면 이마에 올린 물수건도 갈아주며 곁을 지켰다.

"왜 안 떠나고 이러고 있습니까?"

"잠시 일어나 죽이라도 드십시오."

그러고 보니 한 보시기 정도 마지막 남은 쌀로 죽을 쑨 모양이었다.

"스님은요?"

양식 사정을 뻔히 아는 지라 법정이 묻자, 수연 스님은 희미하게 웃으며 대답했다.

"전 벌써 두 그릇이나 해치웠습니다."

밥을 짓는 공양주 노릇은 법정이 했다. 쌀이 얼마나 남았는지 모를 리 없다.

법정은 고개를 내저었다. 사실 입맛도 없었지만, 도반의 배를 굶기고 자신의 배를 채울 마음도 없었다. 밀어버리면 먹을 테지 했는데 아니었다. 그 죽이 다시 데워져 저녁에도 올라왔다. 정신 줄을 놓았다가 어떻게 정신을 차려보면 수연 스님이 손을 꼭 잡고 있었다.

"이제 정신이 좀 드십니까?"

"아직 안 떠나셨군요?"

"헛소리를 하시더군요. 몸이 많이 약해지신 것 같습니다."

"제 잘못입니다. 조화롭게 생을 이끌어가야 한다는 걸 알면서도 정신의 해탈만을 원하다 보니 이렇게……."

다시 잠시 정신 줄을 놓았다가 눈을 뜨니, 차반에 죽과 쉬어빠진 김치 조각이 신문지에 덮여 발치에 놓여 있었다. 근근이 일어나 죽을 살펴보니, 어제의 죽이었다. 수연 스님은 한 술도 뜨지 않고 어디로 갔는지 보이지 않았다.

갔구나.

눈물이 핑 돌았다.

기어이 가버렸구나.

천지간에 버려진 것 같은 생각에 줄줄 눈물이 흘러내렸다. 이러려고 산을 올랐는가. 할머니 생각이 났다. 어머니 생각이 났다.

인간이란 이상한 종자다. 절망적인 기분이 들자 갑자기 살아야겠다는 생각이 들었다. 짐승처럼 죽을 퍼먹었다.

'두고 보아라. 내가 못 깨치나. 내 깨쳐 산을 내려가리라.'

살아야겠다는 생각에 죽을 입 속으로 퍼 넣었다. 그러다 그만 숟가락을 던져버리고 꺼이꺼이 울었다.

'내가 미친놈이다. 내가 미친놈이야. 무엇하러 정을 주

었단 말인가.'

그는 돌아오지 않았다. 한낮이 지나도 돌아오지 않았다. 저녁이 되어도 돌아오지 않았다.

'그래, 가거라. 언제 내가 누굴 의지하고 살았더냐.'

그렇게 자책하다가 법정은 다시 잠에 떨어졌다.

달그락 달그락…….

부엌에서 들려오는 그릇 부딪치는 소리에 눈을 떴다. 법정은 기어서라도 부엌을 확인하고 싶었지만 참았다. 분명히 그가 돌아왔다는 생각이 들었기 때문이다. 별의별 생각이 다 들었다. 어디를 갔다 왔을까. 에라, 모르겠다, 하고 가다가 아무래도 아픈 사람을 그냥 두고 갈 수는 없다는 생각에 돌아온 것일까. 그럴 사람은 아니라고 알고 있었기에 그만큼 실망이 크지 않았던가.

이윽고 부엌으로 난 문이 열리고 수연 스님이 나타났다. 법정은 잠든 척했다. 코끝으로 한약 냄새가 흘러들었다. 스님이 약사발을 놓고 다가앉더니 이마를 짚었다. 옆으로 돌아누운 법정을 흔들었다.

"돌아누우세요."

그제야 법정은 잠이 깬 척하고 그를 돌아보았다.

"몇 시나 되었소?"

"밤 10시가 넘었습니다."

"어디 갔다 온 것입니까?"

"도저히 안 될 것 같아 읍내로 내려가 약을 지어 왔습니다."

"약을요?"

"일어나십시오."

"아니, 무슨 돈으로?"

그는 아무 말도 하지 않았다. 도반의 약을 사려고 아침부터 산을 내려가 탁발을 했으리라. 법정은 그만 가슴 밑바닥에서 올라채는 불덩어리 같은 것을 토해내고 말았다. 눈물이 흘러내리고 꺽꺽 울음이 토사물처럼 쏟아졌다.

믿기지 않았다. 읍내까지 가려 해도 차가 없었다. 가끔 구례로 다니는 트럭이 있었지만 어쩌다 장날에나 보였다. 주로 산판에서 내려오는지라 사람들이 손을 들어 읍내까지 얻어 타는 것이 고작이었다. 장날도 아니고 보면 그 먼 길을 걸어 탁발을 했다는 말이었다.

울음을 토하는 법정의 손을 그는 꼭 잡았다. 80리도 넘는 길을 걸어온 그의 몸은 얼 대로 얼어 있었다. 약을 달이면서 좀 녹았을 텐데도 아직 냉기가 가시지 않은 몸이었다. 고마웠다. 눈물 나도록 고마웠다.

이게 도반이지. 사람의 정이란 이런 것이지. 아아, 사람의 정이 이렇게 따뜻할 수도 있구나.

그의 정성 덕분이었을까. 다음 날 법정은 털고 일어났다.

그 길로 바랑을 메고 두 사람은 나섰다. 두 사람이 나서기는 했지만 약속한 대로 운수의 길을 같이 걷지는 않았다. 구례에서 두 사람은 헤어졌다.

그는 그때까지도 완전히 몸이 회복되지 않은 법정을 걱정했다.

"며칠 조리하고 내려와도 되는데 무리를 하시는 거 아닌지 모르겠네요."

"먹을 양식도 그렇고……."

"그렇지 않아도 오늘 탁발을 할 참이었습니다."

"지금 탁발을 해서 도로 올라갈까요?"

법정의 말에 수연 스님이 웃었다. 모처럼 얼굴이 밝았다.

"인연이 있으면 다시 만나겠지요."

그가 손을 잡으며 말했다.

"어디 계시더라도 꼭 병원에 가보십시오. 큰 병 되기 전에……."

법정이 속병을 앓는 그를 향해 말했다.

"알겠습니다."

생각 같아서는 탁발이라도 해서 그의 병원비를 마련해 주고 싶었지만 오히려 어제 약을 사고 남은 잔돈 몇 푼을 차비로 받았다. 법정은 눈시울을 붉히며 말했다.

"염치가 없군요."

그렇게 둘은 헤어졌다. 언제 어디서 만나자는 약속도 없이 그저 인연 있으면 다시 만날 수 있지 않겠느냐는 말을 남긴 채 손을 흔들었다.

스님의 죽음

인정이 많으면 도심道心이 성글다는 말이 있지만 법정은 한동안 그를 잊지 못했다. 선방에 들르기라도 하면 행여 그를 만날까 두리번거렸다.

사랑하는 사람도 갖지 말라.
미워하는 사람도 갖지 말라.
사랑하는 사람은 못 만나 괴롭고,
미워하는 사람은 만날까 두렵다.
무소의 뿔처럼 혼자서 가라.

홀로 진리를 찾아가는 수행승은 외롭기 마련이다. 정이

란 집착의 산물이기에 출가인은 비정하게 모든 것을 버린다. 그래서 선가에는 '살불살조殺佛殺祖'라는 말이 있다. 부처를 만나면 부처를 죽이고 조사를 만나면 조사를 죽이라는 말로, 그렇지 않고는 결코 해탈에 이르지 못한다는 뜻이다. 하기야 수행승은 피붙이를 죽이고 진리를 찾아 나선 이가 아닌가. 그러나 인간이기에 때로는 정에 겨워 울기도 한다. 그렇기에 석가세존은 무소의 뿔처럼 홀로 가라 했고, 오늘도 수행승들은 비정을 먹고 사는 것이다.

이곳저곳을 떠돌다 보니 어느새 발걸음은 해인사에 머물러 있었다. 퇴설선원에서 안거하던 어느 여름날이었다. 법정의 의식을 뒤흔드는 충격적인 일이 일어났다.

방선 시간에 법당 둘레를 거닐고 있는데, 시골에서 온 듯한 한 아주머니가 장경각에서 내려오다가 법정을 보더니 불쑥 물었다.

"스님, 팔만대장경이 어디 있습니까?"

법정이 방금 보고 내려오지 않았느냐고 하자, "아, 그 빨래판 같은 거요?" 하고 되물었다. 그 말이 가슴에 화살처럼 꽂혔다. 아무리 뛰어난 지혜와 자비와 가르침이라 할지라도, 알아볼 수 없는 글자로 남아 있는 한 한낱 '빨래판 같은 것'에 지나지 않는다는 사실. 법정은 충격을 받고, 그해 여름 안거를 마치고 강원으로 내려가 남은 경전을 배우고 익혔다. 국보요 법보라고 해서 귀하게 모시는 대장경판이지만 그 뜻이 일반에게 전달되지 않을 때는 한낱 빨래판에 지나지 않는다는 생각이 그를 끝없이 부추겼다. 어떻게 하면 누구나 알아보는 쉬운 말과 글로 옮길 것인가. 이것이 그때 법정에게 주어진 과제였다.

그러던 어느 날이었다. 대중과 함께 도량을 청소하다가 오대산에서 왔다는 승에게서 문득 그동안 잊고 있던 수연 스님의 소식을 들었다. 오대산 상원사에서 기도를 하고 있다고 했다. 당장에 바랑을 싸야 했지만 안거 기간이었다. 여름 살림이 끝나면 그를 찾아가 보리라 마음먹었다.

그런데 어떻게 소식을 들었는지 그가 먼저 찾아왔다. 아마 안거에 실패한 승이 본사로 들어가 말을 전했으리라. 정말 반가웠다.

"아니, 수연 수좌!"

"법정 스님."

서로 손을 마주 잡았다. 지리산에서 헤어진 뒤 얼마 만인가.

수연 스님의 미소는 여전히 조용했다. 그런데 그의 얼굴이 말이 아니었다. 병이 깊어졌다는 생각이 들었다.

"병원에는 가보았습니까?"

그가 웃으며 대답했다.

"괜찮습니다."

괜찮지 않은 것 같았다. 그를 데리고 병원에 가봐야겠다는 생각이 들었다.

그날부터 퇴설당에 전에 없는 변화가 일어났다. 스님들이 퇴설당에 들었다가 나가서 보면 섬돌 위에 벗어놓은 신발이 깨끗이 닦여 가지런히 놓여 있었다. 또 스님들이 미루어 놓았던 빨래가 어느 사이에 말끔히 빨아져 있었다. 그뿐만이 아니었다. 풀까지 먹여 다려놓기까지 했다.

수연 스님은 지위 고하를 따지지 않았다. 행자의 옷이나 사미의 옷이나 수좌의 옷이나 방장의 옷이나 눈에 띄는 대로 깨끗하게 빨아 풀을 먹이고 다림질을 한 뒤 개어 방 안에 들여놓았다. 누가 시켜서도 아니고 소임이 주어져서도 아니었다. 자연히 대중은 자비 보살이 나타났다고 했다.

그렇게 몸을 아끼지 않고 움직이는데도 음식물은 거의 취하지 않자 대중이 이상하게 여겼다.

"수연 스님이 아무래도 이상해요. 통 공양을 못 해요."

법정은 겁이 덜컥 났다.

'아, 내가 너무 안일하게 생각했구나. 그러면 안 된다는

걸 알면서도…….'

그가 음식물을 취하지 못하는 동안 자신은 아무것도 모른 채 삼시 세끼 음식물을 탐했다는 사실에 스스로 놀라며 그를 잡아끌었다.

"갑시다, 병원으로."

"괜찮다니까요."

자꾸 돌아서는 그를 끌고 종무소로 가 허락을 얻은 뒤 대구로 나갔다.

그 와중에도 그는 버스 창틀에 헐겁게 달린 나사를 주머니칼로 조여놓았다. 참 어쩔 수 없는 사람이었다. 본시 부처가 아닐까 싶었다. 아니면 자신을 연소시켜 주위를 밝히는 촛불 같은 천성을 지닌 사람이 분명했다. 그와 함께 있는 일 자체가 감동인 것은, 그렇게 위급한 상황에도 나와 남을 가리지 않는 보살 정신 때문이었으리라. 그는 세계와 하나였다. 그럼으로써 그는 이 세계의 주인이었다.

"입원할 필요는 없겠지만 약 먹으며 조리를 좀 해야겠습니다."

병원에서 의사의 진단을 받고 약을 지었다. 수연 스님이 해인사에 있는 이상 법정 역시 해인사를 떠나고 싶지 않았다. 그의 건강을 걱정한 스님들이 독방을 내주었다.

수연 스님의 성정에 감복한 사람은 법정만이 아니었다.

수연 스님은 독방을 거절했다. 자신에게 그런 공간은 가당치도 않다고 했다. 그는 대중과 함께하기를 열망했다. 대중 속에 끼어 수행 정진했다. 울력이라고 해서 참선 시간 외에 절 살림을 돌보는 일에도 그는 빠지지 않았다. 아니, 먼저 앞장서서 일했다. 그래서인지 약을 먹으면서도 계속 몸은 말라갔다. 나중에는 울력을 하기 힘들 정도로 건강이 나빠졌다.

더 이상 그대로 두어서는 안 되겠다는 생각에, 마침 아는 이가 있는 진주 포교당으로 수연 스님을 데려갔다. 아무래도 절보다는 그곳이 낫지 싶어서였다. 안거 중이던 법정은 그를 데려다주고 돌아가야 하는데, 돌아서기가 쉽지 않았다. 법정이 아팠을 때 그 먼 길을 걸어가 탁발을 하고 약을 지어 온 그였다. 그는 그런 법정의 심중을 읽기라도 한 듯이 자꾸 돌아가라고 했다.

"내가 무간지옥에 갈 죄를 짓는 게 아닙니까. 수행승의 수도를 막는 계집과 내가 뭐가 다르겠습니까. 수좌의 안거 중에 방해가 되고 있으니……."

"비유가 너무 심하시군요."

"그만큼 내 마음이 편치 않다는 말입니다."

그래도 수연 스님의 병세가 나아지는 걸 보고 나서야

법정은 포교당 주지 스님에게 각별히 부탁하고 해인사로 돌아왔다. 안거를 하면서도 그에 대한 걱정이 앞섰다. 고맙게도 포교당 주지 스님이 자주 소식을 전해주었다. 병세가 호전되고 있다는 소식에 그나마 안심이 되었다.

왜 그렇게 눈은 많이 내리던지. 휴게 시간에 도량을 거닐다 보면 설해목雪害木 넘어지는 소리가 천둥소리처럼 들렸다. 안거고 뭐고 수연 스님에게 가고 싶었지만 교통이 두절되어 갈 수가 없었다. 법정은 부목 소임을 맡은 터라 눈밭을 헤매며 나무를 해 날랐다.

수연 스님과 탑전에서 안거할 때 쏟아지는 눈을 보며 하던 말이 생각났다.

"입속의 이는 단단하나 평생을 가기 어렵고, 혀는 부드러우나 평생을 같이한다는 말이 생각나는군요. 저 눈을 보십시오. 저 부드러운 눈이 하늘까지 치솟은 단단한 나무를 쓰러뜨리니 말입니다."

"눈의 부드러움에 나무가 쓰러지는 것이 아니라 그 무게 때문에 쓰러지는 것 같은데요."

그렇게 하하하 웃던 세월이 눈앞으로 흘러갔다. 우주의 실상 앞에서 사심 없이 웃었다.

법정은 꺾인 나무를 잘라 지고 나르다가 그만 손목을 삐고 말았다. 통증이 심해 선정에 들 수가 없었다. 잠도

오지 않았다. 간병실에 침을 맞으러 다녔지만 잘 낫지 않았다.

그러던 어느 날 소포가 하나 도착했다. 진주에 있는 수연 스님에게서 온 것이었다. 풀어보니 파스가 들어 있었다. 아마도 법정이 손목을 삐어 고생한다는 소식을 주지 스님에게 들은 모양이었다.

파스를 붙이면서 법정은 그가 보고 싶어졌다. 꼭 가슴을 한 대 얻어맞은 것 같았다.

그리고 얼마나 지났을까. 수연 스님은 결국 세상을 버렸다. 호전 되던 병세가 갑자기 악화되더니 그만 저승에 목숨을 주어버린 것이다.

충격이었다. 슬픔이었다. 가는 길에 손이라도 한 번 잡아주지 못 한 것이 가슴 아팠다. 깨침이 무엇이던가. 무엇이기에 좋은 벗의 손 한 번 잡아주지 못했단 말인가. 사대부의 개가 되어 옛 선사들이 주절거리던 말이나 흉내내는 설법이 무슨 소용이랴.

수연 스님은 말 한마디 없이 그 말을 실천하던 사람이다. 그리하여 듣는 이로 하여금, 보는 이로 하여금 깨침에 이르게 하던 사람이다.

본질은 무엇인가. 직관이다. 직관은 느낌이다. 그에게서 느낄 수 있었던 모든 것. 바로 그것이 본질이었다. 그의 온후한 미소, 따뜻한 손길, 남을 위한 배려, 희생…….

비정할 수밖에 없는 것이 비구라지만, 이제 그를 볼 수 없다는 사실이 믿기지 않았다. 떨어져 있어도 언제나 함께 있던 사람. 마음으로 만나고 영혼으로 만나던 사람. 손 잡고 있지 않아도 언제나 따스한 체온이 느껴지던 사람. 그 사람이 영원히 가버렸다는 사실이 믿기지 않았다.

바람이 불어 문만 덜컹거려도, 그가 '법정 스님!' 하고 부르며 나타날 것 같았다.

법정은 낙엽 굴러가는 소리에 문을 열어보고는 멍하니 앉아 있곤 했다. 그때마다 먼 산봉우리를 쓸고 내려온 바람이 온몸을 감아 안았다.

글을 쓰지 않고는 도저히 배겨낼 수 없을 것 같았다. 예전의 노트를 찾아내어 정서를 하느라 부산을 떨었다.

<불교설화> 조용한 사람들

어느 달 밝은 보름밤의 일이었다. 포근한 달빛 아래서 사람들은 무어라 말할 수 없는 즐거움으로 가슴마다 부풀어 올랐다. 젊은이들은 마음가는 이를 찾아가 그리움을 나누었고 늙은이는 그들대로 지나온 인생살이에서 겪은 잊을 수 없는 달밤의 기억들을 되새기며 새삼 젊어지려 했다. 그리하여 궁중에서도 임금님이 많은 신하들과 함께 어떻게 했으면 이 밤을 보다 즐겁게 보낼 수 있을까 하고 의논하게 되었다.

신하들 가운데서 어떤 이는 이렇게 아름다운 달밤에는 노래를 부르면서 노는 것이 가장 즐거울 것이라고 했다.

또 어떤 신하는 달이 밝기 때문에 들길을 거닐으면 마음이 상쾌할 것이라고도 했다. 그리고 또 다른 사람은 말하기를 기왕 거닐 바에야 마을 결 숲 속에서 수행하고 있는 이들을 찾아가 설교를 듣는 것이 가장 좋으리라고 했다. 이 밖에도 여러 가지 의견이 나왔지마는 그 가운데 한 사람의 신하만은 처음부터 잠자코 말이 없었다.

"그대는 어째서 말이 없는가?"

하고 임금님이 묻게 되었다.

그러나 그 신하는 조용히 입을 열었다.

"지금 제가 가지고 있는 큰동산에는 부처님이 와 계십니다. 할 수 있다면 임금님께서 그곳에 가주셨으면 하고 생각하느라고 잠자코 있었읍니다."

임금님은 이 신하를 가장 신망하고 있었으므로 곧 그의 의견에 따르기로 하고 많은 신하들을 거느리고 그 동산으로 나서게 되었다. 동산이라고는 하지만 그곳에는 흐르는 내와 울창한 숲이 있는 꽤 큰 산이었다.

임금님의 행차가 숲 속으로 들어서자 달은 무성한 숲에 가려 보이지 않았다. 그리고 점점 깊숙이 들어갈수록 숲길은 어두웠고 주위는 죽은 듯이 고요했다. 이따금 숲을 스치고 지나가는 바람소리가 귀신의 숨소리처럼 생각되리만큼 숲 속은 그렇게 고요하기만 했다.

"이렇게 음침한 곳에 부처님은 혼자서 계시는가?"

임금님은 마음에 언짢아 하면서 퉁명스레 물었다. 혹시 자기가 속아서 이 곳에 오게 된 것은 아닌가 하고— 그러나 그 신하의 대답은 전이나 다름없이 조용하였다.

"아닙니다, 임금님. 숲 속에는 부처님뿐이 아니고 천이백오십 인이나 되는 제자들도 함께 있답니다."

숲 속에 천이백오십 인이나 있다면 조금은 사람들의 말소리라도 들려야 할 텐데 숲은 여전히 가라앉은 듯이 고요하기만 하다.

"그럼 부처님은 어디에 계시는가? 천이백오십 인이나 있다는데 기침 소리 하나 들리지 않는군."

임금님은 이상히 생각하고 이렇게 물었다. "임금님, 이제 바로 요 앞입니다."

과연 그 말과 같았다. 얼마 아니 가서 숲이 조금 훤히 트인 곳에 수많은 제자들이 부처님을 중심으로 조용히 앉아 있었다. 몸은 움찍도 하지 않고 한결같이 선정에 들어 있는 모양이 밝은 달빛에 비추고 있었다. 그 모습은 그지없이 엄숙하여 눈썹 하나 까딱하는 이도 없었다.

임금님은 이와 같은 광경을 보고 놀라웠다. 그리하여 마음속으로 크게 감동한 나머지 부처님 앞에 조용히 나아가 무릎을 꿇고 사뢰었다.

"오오, 부처님이시여! 저는 한 나라의 임금으로서 여러 가지 법을 만들어 백성을 다스리고 있습니다만 제가 지배하고 있는 사람들은 — 아니 제 명령이라면 무슨 일이든지 복종하고 있는 군대라 할지라도 — 단 한순간만이라도 이와 같이 조용히 있게 할 수는 도저히 없습니다. 부처님께서는 어떻게 하셔서 이렇게 조용하게 할 수 있게 되었습니까?"

부처님은 조용히 대답하셨다.

"임금은 사람들의 겉모양만을 다스리려고 합니다. 사람의 근본을 이루고 있는 마음을 가라앉히려고는 하지 않고—"

이 말을 듣고 난 임금님의 마음속에는 어느새 보름달처럼 조용하면서도 밝은 빛이 번지고 있었다. 신하들도 임금님 곁에서 빙그레 미소를 띠우고 있었다. 부드러운 밤바람은 나무 잎을 스치고—.

-<비나야파승사毘奈耶破僧事> 20에서

_ 법정 옮김, 《대한불교》, 1963년 6월 1일.

다 읽고 나자 슬며시 입가에 웃음이 물렸다. 이 글을 내가 썼다고? 그 옛날 이것도 글이라고 썼는가 말하던 사형이 생각났다. 괜찮기만 하구먼, 뭐.

데뷔 무렵

수연 스님을 잊을 길이 없는데 4·19가 터졌다. 겨울이 끝나고 봄이 시작될 무렵이었다.

아직 봄이 시작되기 전, 법정이 어디론가 떠나야겠다고 생각하던 차에 갑자기 통도사에서 한 통의 편지가 날아들었다. 경전 번역을 하고 있는 운허 스님에게서 온 편지였다. 불교사전 편찬은 불교계의 숙원이었는데 이번에 그 비용을 대겠다는 신심 깊은 이가 나섰으니 도와달라는 내용이었다. 해인 강원에 있던 법정을 눈여겨 보았다가 이번에 편지를 보낸 것이다.

한달음에 달려갔다. 법정은 이듬해 여름 사전이 출간될 때까지 편찬을 거들었다. 이 기간에 4·19와 5·16이 터졌다.

4·19는 이승만의 독재를 보다 못한 학생들의 의로운 궐기. 그것은, 백주의 테러는 테러가 아니라고 억지를 부리는 세력에 대한 항거였다.

자기네 멋대로 부정 선거를 치르던 독재정권, 그 깡패 정권이 무너지는 시간을 법정은 일손을 놓고 지켜보았다. 예전에 느끼던 감정이 되살아났다.

'이렇게 방관만 하고 있어도 되는 것일까.'

이승만 정권이 무너지고 박정희 정권이 들어섰다. 더 무서워진 현실 앞에서 법정의 갈등은 점점 깊어졌다. 이승만 독재의 만행에 일던 회의가 다시 고개를 들었다. 보살이란 사실이 뇌리에서 떠나지 않았다. 세속의 인연을 끊었다지만 승의 염원은 보살 정신에 있다는 생각이 떠나지를 않았다. 어려운 사회 현실 앞에서 이토록 내가 무관해도 좋은가, 하는 의문이 꼬리를 물고 놓아주지를 않았다. 왜 승은 중생을 위한다면서 등을 돌려야 하는지, 사회적 정황과 공동체에 등을 보여야 하는지 이해가 되면서도 한편으로는 이해하기 싫었다. 그러면서도 자신은 역시 승이라는 생각도 들었다. 승이 되었다면 승답게 자기 본분에 우선 충실해야 할 것이었다.

치열한 회의와 고민 끝에 법정은 더 이상 방관해서는

안 된다는 결론에 이르렀다. 나서야 한다고 생각했다. 그런데 어떻게 나서야 할지 길이 보이지 않았다. 할 수 있는 일이라곤 고통받는 이들을 위해 글을 쓰는 정도였다. 그 순간 대필을 휘두르던 선승 성철 스님이 생각났다.

'무방이다! 모양을 만들고 있으나 무방이다? 왜 무방인가?'

통도사에서 운허 스님을 도와 불교사전을 편찬하는 동안 글 작업도 게을리하지 않았다. 습작기 때 써놓은 글들이 속속 세상을 향해 나아가기 시작했다.

설화를 한 편씩 실으면서 시에 도전해보기로 했다. 그는 〈미소〉라는 작품을《대한불교》독자투고란에 보냈다. 설마 싶었지만 그래도 보내보았다.

미소

어느 해던가

욕계 나그네들이

산사의 가을을 찾아왔을 때

구름처럼 피어오른

코스모스를 보고

그들은

때 묻은 버릇을 버리지 못했다

이 한때를 위한
오랜 기다림의 가녀로운 보람을
무참히 꺾어버리는
손이 있었다
앞을 다투는 거친
발길이 있었다

아름다움을
아름답게 지니지 못하는
어둡고 비뚤어진 인정들……

산그늘도 내리기를 머뭇대던
그러한 어느 날
나는
안타까와하는 코스모스의
눈매를 보고
마음 같은 표지를 써붙여 놓았다.

_법정, 《대한불교》, 1964년 9월 27일.

어! 이 시가 덜컥 붙었다. 실감이 나지 않았다. 그때 선에 든 사람이 셋이었는데, 첫째로 실렸다. 아, 이제 시인이 되었구나. 법정은 자신의 희열을 못 이겨 산으로 내달렸다. 그렇게 기쁠 수가 없었다. 그때 같이 뽑힌 이들이 시 〈불상〉을 쓴 석성덕, 〈이 눈물을〉이라는 시를 쓴 김원각이었다.

불상

나는 인간이올시다.
눈을 감지 못하는 인간이올시다.
그보담은
뜰 눈이 없는 인간이올시다.

어두운 하늘마냥
퇴색한 눈앞에
임 하!
자비를 부어주소서.

그러면 나의 눈안은
어느 세월에선가 잊혀진

인간에 되돌아설 것입니다.

_석성덕,《대한불교》, 1964년 9월 27일.

이 눈물을

나에게 말씀을 주십시오
사랑한다는 말씀보다
조용한 목소리로 나를 울게 할……
울며 눈물이 흐르는 시간은
— 비로소 당신을 느끼는
나의 가장 순수한 시간이외다.

그리고, 이 마음은
비록 가난하오나
당신으로 해서 풍성한 마음이 되옵니다.

꽃잎에 이슬이 고이듯
맑은 늪에 파란 별이 비춰듯
마음에 고이는 눈물

오늘도 당신 곁에서 밤새도록
울게 하시고,
내일도, 모래도 그리고 영원히……
당신 곁에서 고요히 울게 하소서.

그리하여 이 눈물은
당신을 모시는 속죄의 눈물이 되게 하소서.
떠날 수 없는 당신과 나를 사이한 그 죄를……

_김원각, 《대한불교》, 1964년 9월 27일.

그때부터 법정은 시를 쓰면서 묵묵히 비구로서의 길을 걸었다.

어느 날 동국역경원에서 역경위원으로 위촉되었다는 연락이 왔다. 역경위원이 되어 불경을 번역하면서 《대한불교》에 불교설화 등을 실었다. 호응이 괜찮았다. '소소산인'이라는 필명으로도 연재를 했는데, 어린이부터 어른까지 모든 연령층이 두루 읽을 만한 내용이었기 때문이다.

그렇게 경전을 번역하고 글을 쓰면서 불교계 내부를 살펴보았다. 그가 들여다본 불교계는 참으로 엉망진창이었다. 불교계의 비리가 어제오늘 일이 아니라는 것은 알았으나, 정작 관심을 갖고 살펴보자 할 말을 잃을 정도였다.

비구와 대처 사이의 분규. 그것을 바라보던 때가 언제인가. 목에서 구역질이 올라와 차라리 눈을 감아버렸는데. 1962년에 통합 종단인 대한불교조계종이 출범한지 겨우 2년이었다. 썩어가는 냄새가 진동했다. 썩어가는 것은 정치판뿐만이 아니었다. 종단도 마찬가지였다.

법정은 자신도 모르게 '부처님' 소리가 나왔다. 그는 글이라도 써서 이 모든 것을 바로잡아야겠다고 생각했다. 글을 통해서나마 썩어가는 불교계를 바로잡아야 한다고 생각했다. 참회하듯 부처님을 찾았다.

'부처님! 당신의 가사와 발우를 가진 제자들이 오늘날 타락해가고 있습니다. 마치 타락된 정치가들처럼 썩어가고 있습니다.'

법정은 글로 한국 불교의 근본 문제부터 뒤바꿔야겠다고 생각하고 붓을 들었다. 이미 청정 승가의 모습은 사라져버린 지 오래인 불교계를 위해 그는 칼을 갈듯 글을 써나갔다.

법정은 죽음을 각오하고 한국 불교가 비불교적인 요소에서 벗어 나자는 취지의 글을 썼다. 불교 정신으로 시대의 아픔을 함께 나누자고 호소했다. 부처님의 참된 제자로 거듭나자고 촉구했다.

혁신이었다. 혁명이었다.

<부처님 전상서 제1신>

서장

부처님! 아무래도 말을 좀 해야겠습니다. 심산에 수목처럼 덤덤히 서서 한세상 없는 듯이 살려고 했는데, 무심한 바위라도 되어 벙어리처럼 묵묵히 지내려 했는데, 이렇게 또 입을 열게 되었습니다. 이 울적한 심중을 당신에게라도 목소리하지 않고는 답답해 배기어낼 수가 없습니다.

부처님! 먼저 저는 당신 앞에 당신을 욕되게 하고 있는 오늘 한국 불교도의 한 사람으로서 엎드려 참회를 드립니다. 당신의 제자된 사명을 다하지 못하고, 오히려 당신의 이름을 팔아 무위도식하고 있다는 처지에서.

오늘 우리들 주변이 이처럼 혼탁하고 살벌한 것도 저희들이 해야 할 일들을 다하지 못하고 있는 데서 연유한다는 것을 잘 알고 있습니다. 현재 한국이라는 이 헐벗은 땅덩이 안에서 자비하신 당신의 가르침은 이미 먼 나라로 망명해버린 지 오래이고, 빈 절간만 남아 있다는 말이 떠돕니다. 그리고 이른바 당신의 제자라는 이름은 마치 투쟁견고시대의 표본 같은 군상들로 채워져 있다고도 합니다.

부처님, 겨레에게서 불신받은 이 제자의 목소리를……

당신의 가사와 바루를 가진 제자들이 오늘날 이 겨레로부터 마치 타락된 정치가들처럼 불신을 받고 있는 점에도 충분한 이유가 있을 것 같습니다. 이제 여름이 가고 가을이 짙어지고 있습니다. 가을은 결실과 수확의 계절이라고들 하는데, 우리에게는 결실할 밑천도 거두어 들일 만한 열매도 없습니다. 기대할 수도 없는 일이지만, 이 불모의 황무지에 밝은 씨앗이라도 뿌려졌으면 하는 간절한 소망에서, 저는 이제 제 주변을 샅샅이 뒤져 헤치는 작업이라도 해야겠습니다. 말하자면, 내일의 건강을 위해서 오늘 앓고 있는 자신의 질환에 대한 진단 같은 작업을.

교육의 장

부처님!

'대한불교조계종'이라는 기치 하에서는 걸핏하면 삼대사업이 어떻고 하는 말을 자주 듣습니다. 그마만큼 그 일은 시급한 저희들의 과업입니다. 그 가운데서도 가장 긴요한 것이 당신의 혜명을 이어받을 수 있는 인재를 기르는 교육임은 더 말할 것도 없습니다. 사람이 없다는 이 집안이기 때문에. 그런데 이런 일들은 지금껏 입으로만 축문처럼 외워지고 있을 뿐 실제로는 거의 무시되고 있습니다. 지금 몇몇 사원에서 벌리고 있는 강당이나 선방이라는 것도 진정한 의미에서 당신의 뜻을 이어받을 눈 밝은 '인재'를 양성하기 위서라기보다는, 한날 도량장식 정도로 차려 놓은 것에 불과한 인상들입니다.

그것은 실로 '교육'이라는 말조차 무색하리만큼 전근대적인 유물로서, 박물관 진렬장으로나 들어가야 할 쓸모없는 몸짓에 지나지 않습니다. 거기에는 타당한 방법론도 구체적인 계획성도 부재합니다.

아픈 뉘우침으로 현시점에서 중생의 길잡이 되어야 할 사명감

사제. 교육의 기초기관인 강당에서 현재 유행되고 있는 그 방법이란 철저하게 훈고적인 그러니까 한문서당에서 상투 틀고 가르치던 그 습속을 소중하게, 너무나 소중하게 물려받고 있습니다.

한 강사가 여러 클라스를 전담해가지고 강을 하고 있으니, 전체 학인을 명령일하에 통솔하기는 편리할지 모르지만, 강사 자신의 육체적인 부담과 정신적인 실○, 그리고 강 받은 사람들의 선취할 건덕지가 얼마나 있을는지 뻔한 사실이 아니겠습니까?

그 전력 과목이라는 게 이조중엽에 비롯된 것이라는데, 지금의 형편이나 피교육자의 지능 따위는 전혀 무시하고 또 시대적인 요구도 아랑곳없이 하나의 타성으로서 무비판하게 답습하고 있을 뿐입니다.

그것이나마 얼마 동안에 배워 마친다는 정해진 기간도 없이—. 이처럼 무모한 '교육?'이 어느 다른 사회에도 있는지 모르겠습니다.

대개의 경우, 가르치는 이나 배우는 사람들이 '종교'가 무엇인지, 혼미한 오늘의 현실에 '종교인'으로서 어떠한 사명을 해야 할 것인지를, 풍문으로나마 가르치고 배웠다는 말을 들어본 적이 없습니다.

당신의 끼친 목소리를 듣기 위한 훈고적인 문자의 전달도 필요한 일이겠지만, 적어도 그것이 현대라는 시점에서 소위 일체중생의 길잡이가 될 인재를 기르기 위한 종교교육이라면, 생동할 수 있는 사명감을 불러 일으켜 주는 것도 철학이 두뇌의 영역이라면, 종교는 심장의 영역일 것입니다. 메마른 심장으로서야 자신은 고사하고 어떻게 이웃을 올려줄 수 있겠습니까?

또 당신의 제자된 사람이 당신의 가르침에는 아예 귀를 기우리려고 하지 않고, 비좁은 자기 나름의 소견에만 고착된 이들이 적잖이 있읍니다. 선방이란 곳에서는 '불립문자'의 본래의지를 곡해한 듯 전혀 당신의 가르침에 대한 기초교육도 없는 이들을 함부로 받아들여선 자체에 대한 오해마저 초래케 하는 수가 흔히 있읍니다.

선이 수행의 구경목적이 아니고, 그것이 깨달음으로 향한 한 날 방편일진대, 보다 탄력 있는 시야쯤은 갖추어도 좋지 않겠습니까? 더구나 첫 문에 들어선 초보신자에게 있어서는—.

'막자지해'라는 말과 배우지 않아 아무것도 '모른다'는 말과는 그 궤가 분명히 다른 줄 압니다.

흔히 참선자參禪者가 '참參'하기보다는 선禪에 '착着'하기가 일쑤이고, 따라서 종교인으로서는 상상조차 할 수 없는 배타적이고 독선적인 벽속에 스스로를 가두면서도, 그것으로서 오히려 자락을 삼는 것은 모두 이러한 결함에 그 중요한 원인이 있는 것 같습니다.

부처님!

당신이 만약 오늘 이 사회에 계신다더라도 당신의 제자들을 이렇게 무모한 방법으로 가르치시겠습니까?

어설픈 화신들

이러한 교육 이전의 불합리성 때문에 이 나라의 시정에 있는 절간에 가면 기이한 현상이 있습니다.

젊은 우리 사미승들이 그늘진 표정으로 이중생활을 하고 있는 것을 흔히 목격합니다. 절에서는 치의를 입고 절문 밖에서는 속의를 입는—. 마치 낮과 밤을 사이하여 치장을 달리하는 박쥐라는 동물처럼. 불전에서 목탁을 치던 한낮의 손이 해가 기울면 학관의 문을 열고 있습니다. 배우고 싶은 일념에서 이처럼 어설픈 향학의 욕구를 절간에서는 채울 수가 없기 때문이랍니다.

또 그들 학○의 출로란 대개 떳떳한 것일 수가 없읍니다.

삼보에 희사한 정재가 잘못 유용될 수도 있을 것이며, '낯을 익혀 둔' 신도들이 지○에 의존하는 수도 없지 않을 것입니다. 그러나 신도가 돈을 쥐어 줄 때 그것으로서 세속의 업을 익히라고 내놓지는 안했을 것입니다. 순수할 수 없는 조업으로 그 건전한 회향을 바랄 수는 없읍니다. 잘못하면 주는 편이나 받는 편이 함께 ○○○의 업만 익히게 될 것입니다.

부처님!

모처럼 어린 마음으로 구도의 문안에 들어섰던 그들이 도업을 이루기에 앞서 다시 속을 기웃거려야 한다는 것은 슬픈 일입니다.

산사에서 간신히 이수과정을 마친 학인들이 외전을 갖추기 위해서라는 명분아래 하산한 뒤로는 거의가 불귀의 승이 되고 맙니다. 이러한 수는 날이 갈수록 늘어만 가고 있읍니다. 미래를 기대해야 할 젊은 세대간에—. 이와 같은 불유쾌한 현상이 어찌 그들만의 탓이겠습니까? 이런 일을 언제까지고 모른 체하고만 지낼 수가 있겠습니까?

잘못된 너무나 잘못된

부처님!

이런 어처구니없는 일도 있읍니다. 요즘 한국불교계에는 '급조승'이란 전대미문의 날말이 나돌고 있읍니다. 승려라면은 일반의 지도적인 입장에 서야 한다는 것은 너무나 당연한 상식입니다. 그런데 그 자질 여부는 고사하고 일정한 수업도 거치지 않고 활짝 열려진 문으로 들어오기가 바쁘게 삭발과 의장교체가 너무나 신속하게 진행되고 있읍니다.

그래서 당신의 제자로서의 품위나 처신이 말할 수 없이 진흙탕에 깔리고 말았읍니다. 낙후된 경제 사회에서 부도가 나버린 공수표처럼—.

더구나 이들이 사원을 주관하게 되는 경우가 적지 않으니 그저 한심스러울 뿐입니다. 그들이 언제 수도 비슷한 거라도 치를 겨를이 있었겠습니까? 그러기에 가출 이전의 세속적인 행동거지가 그대로 잔존될 따름입니다. 그래서 신문의 삼면에서는 가끔 '사이비승'이란 기사거리와 더불어 세상의 웃음을 사고 있읍니다.

다른 한편 어떤 사원에서는 처음 입산하려는 사람의 학력이 학부 출신이거나 좀 머리가 큰사람이면 더 물을 것도 없이 문을 닫아버립니다. 무슨 자랑스러운 가풍이나처럼—.

거절의 이유인즉 "콧대가 세서 말을 잘 안 듣는다"는 것입니다. 이것은 표면적인 구실에 지나지 않고 사실은 다루기가 벅차서일 것입니다. 우선 지적인 수준이 이쪽보다 우세하기 때문에 하나의 열등의식에서 거부하는 것입니다.

그 한 반증으로서 인간적인 기본 교양도 없는 만만한 연소자는, 그나마 노동력이 필요할 때 틈타서 받고 있는 실정이니 말입니다. 부처님! 이와 같이 구도자로서의 자질과 미래상이란 전혀 찾아볼 수도 없는 우매한 고집들이 수도장을 경영하고 있는 동안, 당신의 가르침인 한국 불교의 표정은 갈수록 암담할 수밖에 무슨 길이 있겠습니까?

'악화가 량화를 구축한다'는 그레샴의 법칙이 오늘 우리 사회에서는 너무나 비대하게 설치고 있읍니다. 얼마 전에 종단의 의결기관인 중앙종회에서는 몇 군데 계획적인 수도장으로서 총림을 두기로 했다지만, 이러한 무질서가 건재하고 있는 ○지에서 우리는 무엇을 더 기대할 수 있겠습니까? 비구 법정이 부처님께 올립니다! 한국 불교도의 한 사람으로서 엎드려 참회를 드립니다.

_법정, 《대한불교》, 1964년 10월 11일.

이 글이 나가자 말들이 많았다. 도대체 법정이란 비구가 누구이기에 이런 글을 쓸 수 있느냐는 것이다. 당시 한국 불교의 근본 문제를 날카롭게 지적하고 있었다. 더욱이 승려 교육의 전근대성과 승가의 폐쇄성을 신랄하게 지적했다. 급조되는 사이비 승려들, 감투를 탐내는 무리를 질타하며 몇몇 절에서 벌어지고 있는 작태에 대해 조목조목 지적함으로써 불교계를 놀라게 했다.

법정은 특히 강당이나 선방의 의미가 무엇이냐고 따지고 있었다. 진정한 의미에서 눈 밝은 '인재'를 양성하기 위해 존재해야 하는 선방이, 한탄 신도들의 주머니를 털기 위해 도량장엄道場莊嚴 정도로 차려놓은 것에 불과한 인상이라고 꼬집었다.

그는 이렇게 1964년 10월 11일에 글을 싣고 세상을 놀라게 했는데, 이어 18일에 제2신을 터트렸다.

<부처님 전상서 제2신>

황색기자

"부처님 지금이 어느 때라고 이런 '샤머니즘'이 횡행해서야 되겠습니까?

마치 중세 구라파에서 치부에 여념이 없던 살찐 '카톨릭'의 성직자들이 '면죄부'라는 부적을 팔던 것과 너무나 흡사합니다"라고 필자는 우리 불교의 모습이 극히 위험스러움을 얘기하고 있다. 오늘의 불교가 가진 사명이 지극히 중차대함에 비추어 가차 없는 준렬한 비판이 있음으로서 사명을 다할 수 있는 길을 모색하는 아픈 참회를 호소하며 개혁이 있어야 할 것을 강조하고 있어 주목을 끈다. 특히 여러 독자들의 투고에 의하면 종단의 모든 불자들이 먼저 자기비판이 있어 모두가 정화이념을 실천하는 방법이 있어야 하겠다고 한다. 따라서 여기 한 스님의 거짓 없는 '목소리'를 게재하여 성찰의 광장을 마련한다. <편집자>

부처님!

세상에는 '벽감투'란 말이 있습니다. 설명할 필요도 없이 자격 없는 사람에게 갑자기 얻어 걸린 높은 벼슬을 말한 것입니다. 그것이 세속에서는 오욕 중에 하나라는 것도 우리는 잘 알고 있습니다.

그런데 세속을 여의었다는 당신의 제자들도 그 '높은 자리'에 앉아 버티기를 세속 사람들 못지않게 좋아하는 것을 요즈음 흔히 봅니다. 마치 그런 감투나 뒤집어 쓰기 위해 이 문안에 들어온 것처럼—. 한번 그 자리를 차지하면 자기분수도 돌아보지 않는 채 노랗게 탐착하고 있으니 말입니다. 정권을 탐하여 수단과 방법을 가리지 않는 저 마키아벨리즘의 무리들처럼, 말로라도 세상의 욕락을 떠나 출가 수도한다는 이들에게 무슨 '장長'이 그리도 많습니까? 그나마도 솔직하지 못한 것은, 그런 일이 전혀 자의 아닌 타의에서 이루어진 것처럼 행동하고 있다는 점입니다.

물론 개중에는 개인의 수업을 온전히 희생하고 대중의 외호에 전력을 다하고 있는 보살의 화현 같은 이도 없지 않습니다. 또 오늘날의 사회구조로 보아 본의는 아니나마 '긴 의자'에 걸터 앉아야 하고 사원의 운영을 안 할 수도 없습니다. 그러기에 기왕 ○삼보의 길에 들어섰으면 어디까지나 불제자된 분수와 출세간적인 입장에서 사심 없이 공정하게 집무해야 할 것임에도 삼보의 정재를 함부로 탕진하고 나아가서는 승려로서의 본분을 이탈한 채 사회적으로 불미스런 물의를 일으키고 있는 사례를 우리는 그 동안 드물지 않게 보아오고 있습니다. 기본재산이 좀 여유 있거나 수림이 우거진 절은 서로가 차지하려고 눈에 불을 켜고 날뛰는 꼴을 우리는 불행하게도 많이 보아왔습니다. 그 저의는 얼마 안 가서 결과가 증명하고 있었습니다.

희사함을 치워라

부처님!

당신의 성상聖像이 모셔진 법당에 들어서면 맨 먼저 눈에 뜨이는 것이 자비하신 당신의 '이미지'가 아니라, 입을 딱 벌린 채 버티고 있는 불전통이라는 괴물입니다. 이 괴물의 번지는 바로 당신의 코앞입니다.

시정市井이나 산중山中에 있는 절간을 가릴 것 없이 그것은 근래사원近來寺院의 무슨 악세서리처럼 굳어져 버렸읍니다.

당신이 이것을 내려다보실 때마다 얼마나 난처해 하실까를 당신의 제자들은 눈이 어두워 못 보고 있는 상 싶읍니다. 뿐만 아니라 한술 더 떠서 어떤 곳에서는 이런 '간판'까지 내걸고 있읍니다.

"돈을 넣고 복을 비는 데"라고—.

사십구년 당신의 장광설 가운데 이런 말씀을 하신 적이 단 한번이라도 계셨읍니까? 복덕이라는 게 화폐로써 척도할 그런 성질의 것이겠읍니까? 당신의 가르침이 사교가 아닌 무상한 정법임에도—.

누가 보든지 낯 간지러운 이 괴물은 시급히 철거되어야겠읍니다. 적어도 당신의 상이 모셔진 코앞을 비켜서만이라도.

극락행 여권

부처님!

극락행 여권을 발급하고 있는 데가 있다면 세상에서는 무슨 잠꼬대냐고 비웃을 것입니다. 그런데 이것이 저 암흑의 계절 중세가 아니라, 오늘 당장 이 자리에 있는 일입니다. 그것도 푸닥거리나 일삼는 '무당절'에서가 아니라, 이 나라에서도 손꼽는 대찰들에서 버젓이 백주에 거래되고 있으니 어떻게 합니까?

'다라니'라는 것을 찍어서 돈을 받고 팔고 있읍니다. 야시장도 아닌데 이런 넉두리까지 걸쳐서.

"극락으로 가는 차표를 사가시오" 하고—.

당신의 옷을 입고 당신이 말씀해놓은 교리를 공부하는 이른바 당신의 제자라는 사람들이, 당신을 파는 이런 짓을 얼굴표정하나 구기지 않고 뻔뻔스리 자행하고 있읍니다. 이것은 사교에서나 있음직한 혹세무민의 소행이 아니고 무엇입니까?

부처님!

지금이 어느 때라고 이런 샤머니즘이 횡행해야 되겠습니까? 마치 중세 구라파에서 한동안 치부에 여념이 없던 살찐 가톨릭의 성직자들이 '면죄부'라는 부적을 만들어 팔던 것과 너무나 흡사한 짓이 아닙니까?

이것이 그쪽에서는 종교○책의 한 불씨가 되었다고 하지만, 오늘 이 고장에서는 이 비슷한 일이 하도 많기 때문에 감촉이 마비되어버린 것입니다. 이러한 일로 말미암아 당신의 가르침이 이 나라에서는 가끔 억울하게도 미신과 동계의 푸대접을 받고 있습니다.

실로 낯을 들 수 없는 일입니다.

불사의 정체

불사라는 행사가 요즘에는 왜 그리도 많습니까? 걸핏하면 '백일기도' '만인동참기도' '보살계살림' '가사불사' 탑에 물방울 정도 튀기는 '세탑불사' 아이들 장난도 아닌데 위조지폐까지 발행해 가면서 하는 도깨비놀음 같은 '예수재' 등등. 이 밖에도 일찍이 보고 듣지도 못한 별에 별 희한한 불사들이 정말 비 뒤의 죽순처럼 여기저기서 잇달아 ○행되고 있습니다. 바야흐로 불국세계가 도래하는가 싶게―.

불사라는 본래 뜻은 제불의 교화를 가리킨 것으로서 개안, 상당, 입실 등에 주로 쓰인 말인데, 요즘에는 흔히 승려들의 일용사로 낙착된 감이 없지 않습니다. 물론 지금도 불사의 본래 뜻에 합당한 불사가 전혀 없는 것은 아닙니다.

그러나 이 가운데에는 흔히 불사란 이름을 내걸고 실속은 엉뚱한데 있는 불사 아닌 '불사'를 자행하고 있는 일이 적지 않습니다. 구도자의 량심에 비추어보아 떳떳할 수 있는 법다운 불사가 얼마나 될는지 지극히 의심스럽습니다.

"중이 돈이 아쉬우면 멀쩡한 축대라도 헌다"라는 속담이 있읍니다. 결코 웃어넘길 수만 없는 가슴을 찌르는 통정한 아이러니입니다.

그럴 듯한 이름을 내건 '법회'라는 모임이 있을 때면, 으레 그 끝은 두둑한 '권선책'이 나돌기 마련입니다. 한꺼번에 몇 가지씩. 결코 '희사'일 수가 없도록 반강요하는 눈초리를.

재화를 다수 내놓으면 흔히 말하기를 "신심이 장하다"고 합니다. 재화가 신심의 바로미터일 수가 있겠습니까? 불사라는 미명 아래 신도들은 얻는 것보다는 잃는 것이 너무나 많습니다. 솔직히 말한다면 오늘날 한국불교의 순진한 신도들은 교화를 입기보다는 경제적으로 출혈적인 혹심한 취○을 당하고 있습니다.

이리하여 "돈도 없는 사람은 절에도 나갈 수 없더라"는 비불교적인 서글픈 탄식이 나오는가 봅니다.

지금 우리나라에 있는 승려의 총수가 얼마나 되는지, 그 가운데서 수도에 전념하는 의젓한 구도자가 몇이나 되는지, 관계 기관인 중앙총무원에서도 집계를 못하고 있는 실정입니다.

이에 반해서 포교당을 비롯해서 신도들을 자주 접촉하고 있는 절간에서는 신도의 일○ 카아드가 어느 시청의 호적사무 못지않게 질서 정연히 정비되어 있는 데는 놀라지 않을 수 없습니다. 극성스러운 곳에서는 카아드에 금전출납의 기재란까지 만들어놓아 보는 이로 하여금 소름이 끼치도록 하고 있습니다.

부처님!

이런 짓을 포교의 사명처럼 착각하고 있는 두꺼운 안면신경을 가진 당신의 제자들이 허다합니다.

불사라고 당신의 이름을 팔아 ○행되는 그 표면에는 얼마나 셈 빠른 타산이 오르내리는지, 부처님도 아시게 되면 얼굴을 붉히시리다. 속이 유릿속처럼 빤히 들여다보이는데도 이 어설픈 수작들은 휴일이 없습니다. 부처님!

그리고 이런 무자비한 횡포도 있었습니다. 시정에서 어떤 모임을 보면 너무나 세속적인 동작들에 슬퍼지기까지 합니다. 그 숨막히는 조직사회에 염증이 나서 어쩌다가 당신의 문을 두드린 사람들을, 문안에 들어서기가 바쁘게 다시 조직 속에 얽어매려는 선참인들의 횡포가, 무자비한 횡포가 있습니다.

모처럼 찾아온 피곤한 나그네에게 앉을자리는 고사하고 트인 길조차 막아버려야 하다니! 싱싱하게 이끌어주어야 할 구도의 길을 짓눌러버려야 하다니!

더구나 이쪽이 물질적으로 여유 있다는 것을 선참인들이 추○했을 때, 그들의 식욕은 왕성하게 동해서 상대방의 의사도 아랑곳없이 감투 뒤집어 씌우는 이 노오란 술책! 그 잘난 '신심'이라는 코걸이를 미끼로 내세우면서…… 우리는 그러한 모임에서 어떻게 순수한 종교활동을 기대할 수 있겠습니까?

또 요즘 항간에는 이런 어처구니없는 파라독스가 떠돕니다. '큰스님'의 체중이란 법력이나 도덕의 비중에 있는 것이 아니라, 돈

많은 신도들을 얼마만큼 확보하고 있느냐에 달렸다고……

당신의 가르침을 받기 위해 귀의한 순백한 신앙인들을 마치 하나의 재원으로 착각하고 있다니.

부처님!

불사佛事만은 이 이상 더럽혀서는 안 되겠습니다. 그것이 '불사不事'이어서는 안 되겠습니다. 정말로 시급하고 긴요한 불사라면, 한시바삐 이 중생의 탈을 벗고 또한 벗겨주는 일이 아니겠습니까?

_법정, 《대한불교》, 1964년 10월 1일

제 2신은 제 1신보다 더욱 신랄했다. 불교도를 놀라게 한 것은 바로 불전함에 대한 지적으로, '희사함을 치워라'라는 과감한 요구였다. 그리고 불사佛事는 불사不事가 되어야 한다고 했다. 그러니까 '아니 불不' 자를 써 이루어져서는 안 된다고 지적했다. 불사라는 이름으로 자행되는 비불교적인 일들, 즉 '해서는 안 될 일'이라고 못 박은 것이다. 한마디로 청정 승가의 본모습을 되찾자는 말이었다. 불사에 진력하던 이들은 눈을 부릅뜨고, 도대체 이런 글을 쓰는 놈이 누구냐며 크게 의혹을 가졌다.

그가 제 3신을 터트린 것은 그로부터 꼭 일주일 후였다.

<부처님 전상서 제3신>

아! 부처님, 정화淨化의 이름으로 얻은 이 혼탁과 부끄러움을……

필자 법정 스님은 이 글을 마치는 끝에 가서 "… 지나치리만큼 무차별한 사격을 가한 것은 우리들이 당면한 오늘의 현실을 직시하라는 뜻에서이고 또 하나는 그 누구도 아닌 제 자신의 아픈 곳을 향해 자학적인 사격을 가한 것에 지나지 않는다"고 글을 쓰게 된 동기를 다시 밝히고 있다. 모든 인간이 그의 생존에 있어서 자학이 수도하는 승려로서 자학이 미치는 영향이 좋지 않은 것은 누구나 안다. 더욱 하는 것은 공부에 커다란 장애가 될 것이 뻔하다. 그러면서도 그 자학적인 몸부림과 스스로의 아픈 상처를 건드려 파헤치지 않고서는 견딜 수 없는 '바램'을 우리는 모두 받아드려야 하리라. 우리는 모두 같은 '바램'으로 해서 불자佛子일 것이며 그러한 우리가 각기 다른 방향을 향해 걷는다면 거기에는 텅 빈 공지空地만 남을 것이다. 불자된 '바람'과 의무와 그리고 우리들의 삶은 텅 빈 것이 되고 그 빈터에는 가즌 질병이 쌓이고 방향 없는 헤매임만 있을 것이다. 지금 우리는 어떤 질병을 앓고 있는지도 모른다. 결코 누구도 질병에 걸리지 않았다고는 단언하지 못할 것이다. 그리고 그 질병 속에서 앞으로 나아갈 길목까지 잃고 있다면… 응당 우리는 내가 서 있는 발을 돌아보고 방향을 찾아야 할 것이며, 또 자기의 생명을 ○아 내리는 병에 대한 진단과 처방이 있어야 할 것이다. 필자는 부처님에게 드리는 아픈 참회와 함께 앞으로 나아갈 자신(모든 불자를 포함한)의 방향과 진단을 하였다. 여기에 있다는 처방과 굳건한 행군이 있어야 하겠다.

이 독獨살이를 보라

사원이란 그 어느 특정인의 소유거나 개인의 저택일 수 없다는 것은 너무나 명백한 상식입니다. 오직 수도자가 도업을 이루기 위해, 한데 모여 서로 탁마해가면서 정진해야 할 청정한 도량임은 더 말할 것도 없습니다. 이러한 사원이 소수의 특정인에 의해 수도장으로서 빛을 잃어가고 있는 것이 이제는 하나의 경향을 이루고 있습니다. 자기네 '패거리'의 식성에 맞는 몇몇이서만 도사리고 앉아 굳게 문을 걸어 닫고 외부와의 교통을 차단한 채 비대해져가고 있습니다. 전체 수도자의 광장이어야 할 이 수도장이—.

따라서 엄연하게 대중이 모인 회상임에도 대중의 의사가 무시되기 다반사이며 결코 건전한 것일 수 없는 개인의 협착한 소견이 전체 대중의 이름을 사취하여 제멋대로 행사되는 수가 많습니다. 종래로 우리의 청백가풍인 '대중공사법'이 날이 갈수록 그 자취를 감추어가고 있으니 이것은 곧 화합과 청백성이 희미해지고 있다는 증거입니다.

어디를 가나 구역이 나는 것은 '권속관념'이라는 그 세속적인 너무나 세속적인 악취—. 그래서 원융한 회중이어야 할 대중처소가 '독살이'로 전락되어 버렸읍니다.

이른바 세속을 떠났다는 이 출세간에서까지 튼튼한 빽이 없이는 방부조차 내밀 수 없게 되었습니다. 부처님!

운수를 벗하여 훌훌 단신수도에만 전념하던 납자들이 늙고 병든 몸을 이끌고 정착할 곳이 없어 여기저기 방황하고 있는 것을 보십시오. 소위 독신 수도한다는 이 비구승단의 회상에서 정화 이전이나 다름없는 냉대를 받고 있지 않습니까. 사원은 마땅히 수행하는 이의 집이어야 할 것임에도—. 개인과 의자(직위)의 한계는 엄연히 구분되어야 할 것입니다. 이것은 법이 선 사회의 질서입니다. 그런데 어떤 부류들은 이 한계마저 무시하고 개인이 의자의 힘을 빌어 권력같은 것을 신경질적으로 휘두르기가 예사입니다. 생각해보면 저녁노을만치도 못한 하잘 것 없는 권세라는 것을. 더구나 제행무상을 뇌이고 하는 이 출세간에서—.

그래서 대중이 모인 회상에서 공부해보겠다고 마음 내어 모처럼 찾아갔던 초학인들도 발붙일 곳이 없어 되돌아가서는 생각을 고쳐먹고 저마다 '독살이'인 자기영토를 마련하기에 이른 것입니다. 자기 나름의 성곽을 구축하기에 이른 것입니다. 하여 구도의 빛은 바래져가고 사명감도 내동댕이치게 된 것입니다. 그 길이 가야 할 길이 아닌 줄 알면서도, 아닌 줄을 분명히 알면서도—.

부처님!

이런 시시한 일들에 탐착하자고 저희들이 문 안에 들어선 것이겠습니까? 두골의 크기와는 당치도 않은 감투나 뒤집어쓰고 우쭐거리자고 할애출가한 것이겠습니까?

어서 이 혼탁을

부처님!

당신에게 올리는 이 글도 이제는 그만 끝을 맺어야겠습니다. 제 목소리가 너무 높아버렸을지도 모릅니다. 아무 일 없이 조용하기를 즐기는 이들에게는 좀 시끄러웠을 것입니다. 아마 이 글을 읽은 사람이면 대개가 유쾌한 대열에는 서지 않았을 것입니다. 제 자신부터 유쾌한 기분으로 쓸 수는 없었기에.

하지만, 언젠가는 누구의 입을 빌어서든지 이러한 자기비판쯤은 있어야 할 줄로 믿습니다. 혼탁에서 벗어나기 위해서는 귀촉도의 외침이라도 있어야겠습니다.

구도의 길에서 가장 뗄 수 없는 일이 있다면, 그것은 부질없는 허세로써 위장할 것이 아니라, 시시로 자기위치를 돌이켜보는 참회의 작업일 것입니다. 자기반성이 없는 생활에 밝은 미래를 기약할 수는 없기 때문입니다. 오늘날 한국 불교가 종교로서의 사명을 다하지 못하고 있다는 점은 숨길 수 없는 사실입니다. 시대와 사회에 이바지할 수 없는 종교라면 그것은 하등의 존재가치도 없습니다.

당신의 가르침이 우리 강토에 들어온 지 천육백 년! 오늘처럼 이렇게 병든 적은 일찌기 없었습니다. 그 까닭은 물을 것도 없이 제자된 저희들 전체가 못난 탓입니다. 늘 당신에게 죄스럽고 또 어굴하게 생각되는 것은 그처럼 뛰어난 당신의 가르침이 오늘날 저와 같은 제자를 잘못 두어 빛을 잃고 또 오해까지 받고 있다는 사실입니다.

부처님!

이 글의 첫머리에서도 밝히다시피 저의 이러한 작업이 이웃을 헐뜯기 위해서 한 것은 결코 아닙니다. '개구즉착開口則錯'이라는 말을 저는 늘 신信 해오고 있는 터입니다. 그러면서도 굳이 구국口國하여 한량없는 구업口業을 지은 것, 외람되게나마 진리를 향해서 도정하고 싶은 저의 신념에서입니다.

한국 불교의 건강은 저희들 제자의 공통한 비원입니다. 무관심처럼 비참한 대인관계는 없다고 합니다. 더구나 그 무관심이 구도자의 주변에 뿌리 내릴 때 그것은 어떤 의미에서 죄악일 수도 있읍니다. 일체중생에게 주어진 당신의 자비가 무관심의 소산이 아니라는 것을 우리는 알고 있읍니다. 이러한 뜻에서 주제넘게 고성으로 지꺼린 것입니다. 이 혼탁을 어서 벗겨야 한다는 비원에서 버릇없이 당신에게 호소한 것입니다.

언제인가는 과감한 일대개혁이 없이는 당신의 가르침이 이 땅에서는 영영 질식하고 말 것이라는 것을 우리는 똑똑히 알고 있읍니다. 당신이 박차고 나섰던 저 혼미한 브라아만들에 대한 '부정否定의 결의'가 없고서는—.

위의 글에서 좀 지나치리만큼 무차별한 사격을 가한 것은 우리들이 당면한 오늘의 현실을 직시하자는 뜻에서이고 또 하나는 그 누구도 아닌 제 자신의 아픈 곳을 향해 자학적인 사격을 가한 것에 지나지 않습니다.

끝으로 한 가지 밝혀드릴 것은, 얼마 전에 이 글을 쓰다가 부질없는 짓이라고 스스로 중단해버리고 말았는데 이런 사정을 알아차린 저의 한 고마운 도반이 격려해준 힘을 입어 다시 쓰게 된 것입니다. 비 개인 그 어느 여름날처럼 당신 앞에 가지런히 서서 업을 같이하는 도정의 청정한 인연에 조용히 감사드리고 싶습니다.

마하반야바라밀— 1964년 9월 미제자 법정 합장

_법정, 《대한불교》, 1964년 10월 25일.

제 3신을 끝으로 그의 송곳 같은 지적은 끝을 맺었고, 불교계는 비로소 법정이란 존재를 주목하기 시작했다. 이른바 '정화'라고 부르는 비구와 대처 사이의 분규를 거쳐 대한불교조계종이 출범한지 겨우 2년이 지난 시점인데, 30대의 비구가 한국 불교의 실체를 드러낸 것이다. 그러고는 과감하게 썩어가는 환부를 도려내지 않는 한 이 땅에 진정한 불교는 없다고 지적했다.

이 글이 나가고 나자 〈스님 전상서〉라는 글이 신문에 게재될 정도로 반응이 뜨거웠다. 하나같이 읽는 이의 눈시울을 뜨겁게 하는 무서운 채찍질이라고들 했다.

신문사 쪽에서 청탁이 오기 시작했다. 설화를 쓸 때와는 그 반응이 달랐다. 글이 좋아졌다고 하는 이들이 수없이 많았다. 더러는 중생제도를 위해 그 좋은 실력으로 설화를 일부러 그렇게 썼느냐고 하는 이들도 있었다.

그런 말을 듣자 비로소 '습작'이란 말이 머릿속에 떠올랐다. 내가 혹시 자애, 자고 병에 젖어 있었나?

효봉 스님 밑에서 숨어 쓰던 작품들을 찾아 다시 읽어보았다. 비로소 알 것 같았다.

그렇구나. 왜 이렇게밖에 쓸 수 없었을까. 그런 생각이 들자 세상 사람들이 많이 좋아졌다는 지금의 글도 그 범주일지 모른다는 생각이 들었다.

모질게 정진해야 할 것 같았다.

2장

무소유의 길

무라, 무라, 무라!

글을 쓰고 또 썼다. 모질게 썼다. 비로소 무엇인가 보이기 시작했다.

자신이 쓴 작품을 놓고 객관적으로 보아낼 수 있을 정도가 되자 스스로 칼질을 하고 있는 자신을 발견하고 놀랐다.

그래서일까. 어느 날 글을 쓰다가, 내가 아직도 덜 떨어진 자고 병에 겨워 있는가, 하는 생각으로 눈을 뜨는데 느닷없이 환하게 세상이 열렸다.

뭐지, 이건?

다시 눈을 끔벅 감았다 뜨자 갑자기 모든 것이 그 자리에 정지했다. 주위를 둘러보았으나 전혀 움직임이 없었다. 정적이었다. 모든 것의 정적. 이게 적멸인가? 희한한 경험이었다. 일시에 모든 것이 멈추었다.

아아, 모든 것이 멈추었다면 차안은 어디고 피안은 어디인가?

그것이 없어져버렸다는 말인가? 거리가 없어졌다는 말인가? 차안도 없고 피안도 없다는 말인가? 그저 정물?

이것이다, 이거야! 아아, 그 거리距離 사이에 내가 있었구나. 움직이는 것은 나였다. 내가 움직이고 있었다. 세계는 그대로였다. 오늘도 산에는 꽃이 피고 안개가 끼며 강물은 흐른다. 세상은 그대로다. 그대로의 정물.

갑자기 머릿속에서 시상이 터져 나왔다.

정물 — 거리

한 쟁반 위에
한 사과 알의 빛을
이만치서 바라보다
날 저물고

이제
과일이란

맛보다도

바라보는

그리움

은하 건너 별을

두고 살 듯……

— 너무 가까이 서지 맙시다

— 너무 멀리도 서지 맙시다

_법정, 《대한불교》, 1964년 3월 1일.

시상이 터지기 시작하자 햇살 하나하나가 글이 되었다. 바람 한 줄기가 그대로 시가 되었다.

어느덧 1965년으로 접어들었다. 법정은 〈우리를 슬프게 하는 것들〉을 쓰기 시작했다. 총 두 편으로, "도대체 사문이란 무엇인가? 도에 뜻을 둔 구도자다. 하지만 오늘날 사문들의 행태를 보면 우울할 뿐"이라는 요지의 글이었다. 그러므로 한국 불교의 과감한 개혁을 촉구하며 본연의 자세를 찾아야 한다고 설파했다. 3월 23일, 설마설

마하던 일이 일어났다. 동산 스님이 덜컥 돌아가신 것이다. 법정은 머리끝이 쭈뼛했다. 탄허 스님의 예언이 생각났기 때문이었다.

나중에 안 사실이지만, 동산 스님은 3년 전부터 병을 앓았다고 한다. 그 바람에 어느 날 대중이 한약 된장국을 먹는 소동까지 있었다.

어느 겨울날 대중이 아침 공양을 받았는데 아무래도 된장국 맛이 이상했다. 국에서 한약 냄새가 났다. 알고 보니 국 끓이는 소임을 맡은 갱두가, 재탕을 하려고 시렁에 올려둔 한약 찌꺼기를 그만 시래기로 잘못 알고 국에 넣은 것이었다. 새벽녘 어슴푸레한 부엌에서 일어난 실수였다. 그 소동이 동산 스님의 귀에까지 들어갔다. 대중은 이제 갱두가 크게 꾸중을 듣겠거니 생각했는데, 뜻밖에 동산 스님의 음성은 따뜻하고 부드러웠다.

"대중아, 그동안 나는 무엇이든 그대들과 함께 대중공양을 해왔네. 그대들과 함께하지 아니한 것은 요즘 들어 먹는 한약뿐이었는데, 아마도 나 혼자 먹는 잘못을 부처님이 깨우쳐주시려고 한약 된장국을 끓이게 하신 모양이네. 그러니 오늘 아침은 이 한약 된장국으로 공양하도록 하세."

대중은 하나같이 숙연해져서 호호탕탕한 동산 스님에

게 합장했다.

법정은 그때 이런 시를 지었다.

식탁유감

(1)

우리는
풀을 뜯는 초식동물

식탁은 그러니까
순수초원

불면 날을듯한
까칠한 잎새들

오고 가는 몸짓에도
풋성귀 냄새

(2)

'성한 몸에 성한 정신'
새삼스런 말씀

주지를 말아도
임기를 못 채우고

한낮에도 안개 속
가벼운 체중

한국 비구승의
창백한 식성

(3)
먹는 것이 가늘수록
시은이 적느니라

아암 그렇고 말고
그 무게가 어떤 것이라고

병들어 먹는 약이
시물 아니라면—

청산 아래 한주閑住 자리
쓸쓸한 미소

(1965년 5월 3일)

_소소산인, 《대한불교》, 1965년 5월 30일.

결국 동산 스님은 1965년에 열반에 들었다. 몹시도 쾌청한 날이었다. 시어가 그냥 터져 나왔다.

쾌청

지루한 장마비 개이자
꾀꼬리 새목청 트이고
홈대에 흐르는
물소리도 여물다

나무 잎새마다
햇살 눈부시고
매미들의 합창에
한가로운 한낮

산은
그저 산인양 한데

날개라도 돋치려는가

이내 마음 간지러움은—

이런 날은 '무자無字'도 그만 쉬고

빈 마음으로

눈 감고

숨 죽이고

귀만 남아 있거라

— 구고舊稿에서

_소소산인,《대한불교》, 1965년 7월 1일

그렇게 마음은 곡진한데 어인 일일까. 탄허 스님의 예언대로 해를 넘기기가 무섭게 효봉 스승이 병석에 들었다. 법정은 그때까지도 설마 하는 생각이었다. 그런데 동산 스님이 돌아가시고 이상한 일들이 일어났다.

평소 효봉 스승은 자신의 가족사에 대해 말을 아껴왔다. 그 점에 대해 해인사 주지를 맡았던 금담 스님이 궁금증을 못 참고 이렇게 물었다.

"큰스님, 속가의 인연도 인연인데 가끔 생각나지 않으

십니까?"

그러니까 도인이 되면 진실로 비정해질 수 있느냐는 무서운 질문이었다. 자신의 가족사에 대해선 좀체 말이 없었으므로 효봉 스승의 속가 인연에 대해 아는 사람이 없었다. 그도 그럴 것이 무슨 직을 맡을 때도 새로 만든 호적을 내주었고, 본적도 평양에서 보통학교를 다니던 시절의 하숙집 주소를 적었기에 모를 수밖에 없었다.

당연히 고개를 내저을 줄 알았는데 뜻밖에도 효봉 스승은 고개를 끄덕였다.

"왜 보고 싶지 않겠어?"

"예?"

오히려 놀란 사람은 금담 스님이었다.

"아니, 스님, 큰 도를 이루었음에도 아직 속가의 인연을 끊지 못 하셨다는 말씀입니까?"

"속가의 인연은 그렇게 무서운 것이야. 그게 바로 정이란 것이지."

"제가 듣기로는 속가에 아내와 아드님이 있다고 하던데요?"

"맞아. 그들이 보고 싶어."

금담 스님은 그 대답에 너무 놀라 자리에서 벌떡 일어나 큰절을 올렸다.

"큰스님, 오늘 저는 도의 끝을 보았습니다."

대중 또한 충격에 빠져버렸다. 세속을 초월한 도인인 줄 알았는데 아직도 세속의 인연에 연연한다는 생각 때문이 아니었다. 모든 것으로부터 초탈한 도인인양 할 줄 알았던 효봉 스님의 너무나 인간적이고 솔직한 대답에 그만 감동해버린 것이었다.

법정 또한 그동안 효봉 스승께 속가의 인연에 대해 물어보지 않은 게 아니었다. 하지만 그때마다 스승은 고개를 내저었다.

"출가인은 오로지 비정을 먹고 사는 동물이니라. 비정하지 않고서 어찌 진리의 끝자락을 보겠느냐. 어찌 출가인이 부처의 전당에서 세속의 인연을 잠꼬대처럼 말할 수 있겠느냐."

그 말을 듣고 법정은 느끼는 바가 많았다. 그때부터 법정도 스승처럼 속가의 인연에 대해서는 입을 다물었다. 모든 것이 지난밤 꿈 같은 일. 이제 그 꿈을 깨고 일어서야 할 때였다.

어느 날 자고 일어난 스승이 말했다.

"법정아."

"예, 방장 스님."

"내 얼굴이 좀 부은 것 같지 않느냐?"

법정이 보니 부은 것도 같고 그렇지 않은 것도 같았다.

"아닙니다."

"거참 이상하구나."

"예?"

"내가 꿈이라는 걸 모르는 사람인데 글쎄 어젯밤에는 꿈을 꾸지 않았겠느냐."

"꿈을 꾸셨다고요?"

평소 오매일여悟寐一如 몽중일여夢中一如를 주장하던 이가 바로 스승이었다. 오매일여는 깨어 있을 때나 잠잘 때나 하나라는 말이요, 몽중일여는 수행인이 꿈속에서도 화두를 의심함이 간절하다는 말이었다. 깨어 있을 때나 잠을 잘 때나 오로지 화두밖에 모르는 양반이 꿈을 꾸었다니 이상한 일이었다.

"무슨 꿈인데 그러십니까?"

"분명히 내가 살던 집인 것 같아. 가보니까 내 제사상을 차려놓지 않았겠나. 얼마나 잘 차렸는지 아주 잘 먹었지. 그런데 아들놈이 손자를 보았더구먼. 마누라는 많이 늙었어."

법정은 평소 속가의 인연에 대해 말하지 않던 스승이 이제 많이 약해졌다는 생각이 들자 예전에 스승이 외국 나간 틈을 타 도망치듯 떠나 이곳저곳을 돌아다니다 왔을 때가 생각났다. 돌아온 그를 보더니 딱 한마디 했다.

"만행 잘했느냐?"

웬일일까 싶었다. 스승을 버리고 도망을 치다니… 그렇게 나무랄 줄 알았는데 갈수록 옛 기운을 잃고 있는 게 아닐까 싶어 사형들에게 스승이 하던 꿈 이야기를 전했다. 그렇지 않아도 금담 스님과 속가의 인연 운운하는 대화 이후 효봉 스승의 혈육을 한 번 찾아보자는 데 의견을 모았다고 했다.

탄허 스님의 예언대로 효봉 스승의 건강은 급격히 나빠졌다.

제자 중에 보성 스님이라는 이가 수소문을 하여 서울로 갔다. 찾아보니 효봉 스님의 혈육이 있었다. 그러나 효봉 스님의 아내는 이미 이 세상 사람이 아니었다. 아들은 외국 출장 중이었고, 손자와 손자며느리를 찾았다.

보성 스님이 그들을 신도로 꾸며 병문안을 온 것처럼 효봉 스님을 뵙게 했다. 그런데 손자 이인목이 할아버지인 효봉 스님을 보고는 그만 눈물을 흘렸다. 손자는 재빨리 고개를 돌렸으나 효봉 스님이 눈치채지 못할 리 없었다.

"왜 우시는가?"

효봉 스님이 물었다.

그 말에 이인목은 설움이 북받쳤다. 이미 돌아가신 줄 알고 해마다 집을 떠나신 날에 제사를 지내왔는데, 이렇게 큰스님이 되어 계셨다니 기가 막힐 만도 했다.

"할아버지, 저 손자 되는 인목입니다."

효봉 스님의 눈이 둥그레졌다.

"무슨 소리를 하는가?"

"제 아버지는 이영발입니다. 할아버지의 아들이 제 아버지 되십니다."

"뭐? 그대가 영발이 아들이라고?"

손자가 다가와 할아버지의 손을 잡았다.

잠시 손자의 얼굴을 살피던 효봉 스님이 그 손길을 홱 뿌리쳤다. 그러고는 돌아누웠다. 그들이 떠날 때까지 효봉 스님은 처자식에 대해 한마디도 묻지 않았다. 손자가 일방적으로 이야기했을 뿐이었다.

"아버지는 일본 출장 중이고, 할머니는 할아버지를 기다리시다 2년 전에 돌아가셨습니다."

그래도 효봉 스님은 돌아눕지 않았다. 그들이 떠나고 나서야 일어난 스님은 손자며느리가 밤새워 지은 옷마저 밀어버렸다.

효봉 스님은 하루가 다르게 기력을 잃어갔다. 법정을 비롯해 제자들은 스님 곁을 떠나지 않았다.

효봉 스님을 맞이하듯 가을볕이 고왔다. 이 가을볕이 고개를 숙이며 스승이 가리라는 생각이 들었다. 먼 산을 바라보고 있으니 저절로 시상이 터져 나왔다.

가을이 깊어지듯 스승의 병도 더욱 깊어졌다.

"방장 스님, 어서 일어나 중생을 제도해야 되지 않겠습니까?"

대중이 지극히 병간호를 하며 쾌차하기를 바랐으나, 스승 효봉은 죽음을 예감한 듯 고개를 내저었다.

"화무십일홍이라. 열흘 붉은 꽃을 보았더냐. 낙엽이 떨어지듯 인생도 때가 되면 가는 것이니라."

제자들이 유교遺教를 청했다.

"무無라, 무라, 무라……. 내 군더더기 소리 더해서 무엇하리."

1966년 10월 15일(음력 9월 초이틀) 새벽 3시, 막 예불을 모실 시각이었다. 효봉 스님이 제자를 불렀다. 손상좌 현호가 달려갔다.

"나를 좀 부축해다오."

손상좌가 부축하자 가까스로 가부좌를 틀고 말했다.

"가서 구산을 데려오거라."

구산 스님이 달려왔다.

구산 스님을 본 효봉 스님이 빙그레 웃으며 말했다.

"나 오늘 갈란다."

그렇게 말하고는 열반송을 읊었다.

내가 말한 모든 법　　吳說一切法
그거 다 군더더기　　都是早騈拇
누가 오늘 일을 묻는가　若問今日事
달이 일천강에 비치리　月印於千江

그러는 사이에 날이 밝아왔다. 해가 중천으로 떠올랐다. 염주를 굴리던 효봉 스님의 손길이 멈췄다. 가부좌를 튼 채였다.

효봉 스승은 그렇게 이승의 탈을 벗었다. 구산 스님은 스승 효봉 스님의 열반송에 이런 답송을 했다.

달이 바다를 뚫어도 흔적이 없고,
연꽃이 진흙 속에 피어나 티끌 속에 물들지 않네.
적멸한 성품 가운데 무엇이 있으랴.
진흙소가 물 위에 가니 이르는 곳마다 새롭도다.

그의 답송을 들으며 법정은 탄허 스님을 생각했다. 구

산 사형마저 탄허 스님이 가는 해에 가면 어쩌나 하는 생각이 들었다.

법정은 깊은 슬픔에 잠겼다. 며칠 밤을 뜬눈으로 새우다가 예전에 스승 몰래 쓰던 설화가 생각나 꺼내 보았다. 눈물이 끝없이 앞을 가렸다. 이 서툰 글을 쓰기 위해 허둥대던 세월. 이것도 글이라고 세상에 내보냈었지. 신문사도 그렇지. 그대로 싣다니.

<불교설화> 저승의 선물

옛날 어떤 임금님의 이야기다.

그는 사람이 죽은 뒤에는 죽은 사람들만 있는 '밤의 나라'에 가서 그곳의 왕인 '야마'에게 여러 가지 재판을 받는다는 말을 언제부터인가 전해 듣고서 자기가 죽은 뒤에는 나라 안의 보배를 선물로 가지고 가겠다고 생각하였다.

그래서 갖은 방법으로 자기 나라에 있는 보물들을 모으려고 작정한 나머지 보물이라고 이름 붙은 것이면 무엇이나 닥치는 대로 사들였다. 그것들은 한데 모아 창고에 소중하게 간직해두었다.

그런데 이 나라에는 어머니 혼자서 독자인 아들을 데리고 살아가는 여인이 있었다. 그 아들의 아버지는 일찌기 죽고 없었다. 아버지가 죽은 뒤부터는 살림살이가 점점 기울어져 그날 그날을 어렵게 지내고 있었다. 인물이 잘나고 재주도 뛰어난 아들은 그 나라의 공주와 사랑하는 사이였다. 집안이 가난했기 때문에 사랑하는 공주에게 선물을 주고 싶어도 무엇 하나 줄 것이 없었다. 그 일을 슬피 여기고 근심한 나머지 그는 마침내 병으로 앓아눕게까지 되었다. 어머니는 크게 걱정하고 어떻게 했으면 하나 밖에 없는 외아들의 소원을 풀어줄 수 있을까 하고 궁리를 거듭했다.

"얘야 우리 집은 요 몇 해 사이에 가난뱅이가 되었지만 그래도 이것저것 내다 팔면 어떻게 안 될 것도 없을 게다. 그렇지만 요즈음 임금님은 어떻게 된 셈인지 나라 안에 있는 보물이란 보물은 죄다 사들여 창고 속에 가득가득 쟁여놓고 있다더구나. 그래서 누구에게 선물을 하고 싶어도 사 보낼 만한 보물이 하나도 없다고 하니 이 일을 어떻게 했으면 좋겠니?"

그러자 어머니는 문득 무슨 수라도 떠오른 듯이 기쁜 낯을 하였다.

"옳지! 참 그렇구나! 얘야 걱정 말아라. 우리에게도 보물이 있다. 너의 아버지가 돌아가실 때 저승의 야마왕께 바친다고 입에 금덩이를 하나 넣은 일이 있느니라. 그렇지, 그거면 될 게다. 어디 한번 찾아봐야겠다."

어머니는 아들을 걱정하던 끝에 죽은 남편의 무덤을 파기로 결심했다. 뼈만 흉하게 남은 무덤 속에서 마침내 금덩이를 얻을 수 있었다. 아들은 기뻐서 미쳐날 지경이었다. 그날로 그것을 공주에게 가지고 가서 오랜만에 가벼운 마음으로 그녀를 만날 수 있었다.

임금님은 후원에서 공주와 같이 놀고 있는 젊은이와 금덩이를 보고 깜짝 놀랐다.

"이 나라 안에서는 이제 이와 같이 훌륭한 보물은 없을 텐데 이 것은 어찌 된 일일까?"

거기에서 젊은이는 임금님의 물음에 사실대로 죄다 말해주었다.

임금님은 젊은이의 말을 듣고 슬픔에 겨워 눈물을 흘리면서 혼자서 나직하게 말했다.

"그래, 그랬던가! 단 한 개의 보물도 가지고 갈 수가 없었단 말이지? 그렇다면 내 창고 안에 가득 쌓인 보물인들 어떻게 가지고 갈 수가 있겠는가. 그렇지만 내가 죽을 때는 야마왕 앞에 무엇을 선물했으면 좋을까?"

그때 마침 임금님 곁에는 어진 재상이 한 사람 있었다.

"상감마마, 이 세상에 있는 보물 중에서 무엇 하나 선물이 될 만한 것은 없습니다. 오직 착한 일을 하는 것보다 더 좋은 선물은 없다고 생각합니다. 만약 나쁜 짓을 하게 되면 야마왕은 무서운 얼굴로 꾸짖지만 착한 일을 하게 되면 저승의 왕은 부드러운 낯으로 칭찬해주실 것입니다. 그러하오니 상감마마께서 마련하실 가장 큰 선물은 나라를 잘 다스리시고 수행자와 가엾은 사람이나 가난한 이에게 '보시'를 하는 일이 아닌가 하옵니다."

임금님도 과연 그렇겠다고 고개를 끄덕거렸다.

—《대장엄론경大莊嚴論經》에서

_법정,《대한불교》, 1963년 8월 1일.

이미 세상에 나간 글이지만, 다시 고치든지 무슨 수를 내야겠다는 생각이 들었다. 선불리 손이 가지 않았다. 그러나 스승의 죽음은 이겨내기 힘든 슬픔이었다. 글이라도 쓰며 잊어보려고 했지만 계속해서 슬픔이 밀물처럼 밀려들었다.

죽음이 무엇일까. 아무리 높은 선지식을 얻었다고 해도 갈 수밖에 없는 세계. 부처님은 그 세계를 열반이라고 했다. 분명히 타고 있는 불꽃을 바람이 불어와 꺼버리는 것이 죽음이다. 그리하여 본래 상태로 되돌려버리는 작업, 그것이 죽음이다. 그런데도 기가 막히게 수행승들은 타오르는 번뇌의 불꽃을 지혜로 꺼버리는 작업을 열반이라고 한다. 그리하여 일체의 번뇌가 사라진다는 것이다. 비로소 적정의 세계로 들어간다고 한다. 바로 그 세계가 최상의 세계인 안락이라고 한다. 진정 그 세계가 영원한 평안의 경지요, 완전한 평화의 경지라고 한다. 적멸의 세계.

그러나 범부에게 죽음은 열반이 아니다. 문제는 거기에

있다. 승에게 열반은 최상의 세계이지만, 범부에게는 미혹이고 미지의 세계이며 공포의 세계다.

아직도 스승의 열반에서 슬픔을 느낀다면 결코 범부의 경지를 벗어나지 못했다는 증명이다. 진정으로 죽음을 바로 볼 수 없다는 증명이다. 먹물 법복을 걸치고 승이 되었지만 아직도 죽음을 열반으로 보지 못하고 있다는 사실. 유有도 아니요 무無도 아닌, 공空으로서 볼 수 없다는 이 낭패감.

비감스러웠다. 이 미혹의 탈을 언제 벗어버릴 수 있단 말인가. 더욱 정진해야 할 것 같았다. 다시 시작해야 될 것 같았다. 그런데 기다리기라도 한 듯이 병이 찾아들었다. 수연 스님과 안거할 때 앓은 병이 다시 찾아든 것 같았다. 열이 치솟고 온몸이 주리를 틀 듯 아파왔다. 누구를 부를 수도 없었다. 부를 만한 이웃이 없었다. 그런데 이상했다. 손은 원고지를 긁적거리고 있는 게 아닌가.

현실 속으로

효봉 스님이 가시고 1년 후인 1967년, 법정은 새롭게 시작한다는 각오로 '동국역경원' 개설에 참여했다. 부처님의 말씀을 빨래판으로 두지 않으려면 어려운 한문투성이의 글을 쉬운 언어로 전해야 한다고 생각했다.

법정은 역경위원으로 활동하면서 계속 글을 썼다. 타악기를 두드리듯 그동안 잊고 있던 시어가 터져 나왔다. 이상한 현상이었다. 축복처럼 머릿속에서 마구 쏟아져 나오는 것이었다.

봄밤에

내 안에서도
움이 트는 것일까.
몸은 욕계에 있는데
아득히 멀어버린
강 건너 목소리들이
어쩌자고 또
들려오는 것일까.

하늘에는
별들끼리
눈짓으로 마음하고

산도
가슴을 조이는가.
얼음 풀린
개울물 소리—

나도
이만한 거리에서
이러한 모습으로
한 천년 무심한

바위라도 되고 싶어.

_법정, 《대한불교》, 1968년 5월 1일.

이 시를 발표하고 그해 9월 1일에 또 한 편의 시를 발표했다. 시국이 어지러워서인지 가끔 먼 데 눈길을 주고 있으면 그대로 눈이 부셨다.

산머리 머리마다 왜 그렇게 영롱해 보이는지 모를 일이었다. 하나같이 그 모습이 장엄해 보였다. 이상스런 자연에 대한 경외감이었다. 어느 날 경계 없는 마음이란 말이 입속에 씹혔다. 경계가 없으면 마음도 저절로 멸하는 것이 아닐까? 아니, 마음이 멸하면 경계가 없어지는 것인가? 도대체 저놈의 실상을 경계 없이 어떻게 바라볼 수 있단 말인가?

그러면서 쓴 시가 〈초가을〉이었다.

초가을—원관산유색

지난 밤
산골에 몸부림하던 소나기
여름날에 못다 한

열정을 쏟더니

오늘은
안개
수척해진 수림에
달무리 안개.

저 무색계천에
'비둘기'라도 띄울까
산방
한나절의

허허로운 이 무심을
— 원관산유색
— 근청수무성

차로에 차는 끓어도
더불어 마실 이 없네
여름철 도반들은
엊그제 하산을 하고

해발 천 2백

눈 감고

귀로 듣는

초가을 안개

비발디의 <가을>

아다지오 폴로

_법정, 《대한불교》, 1968년 9월 1일.

'원관산유색遠觀山有色 근청수무성近聽水無聲'은 '멀리 바라보는 산은 빛깔이 있고, 물소리 가까이 들으니 소리가 없어'라는 뜻이었다. 《금강경오가해》에 나오는 송나라 야부 스님의 시인데, 그 시가 갑자기 생각나는 것이었다.

어느 날 성철 스님에게 물었다.

"도가 뭡니까?"

"산은 산, 물은 물."

참 지겹다는 생각이 들었다. 그걸 누가 모를까. 그런데 그 경지가 예사롭지 않다. 역설도 아닌데 역설 같다는 생각이 뭣 때문에 들었는지 모를 일이었다. 사실 산을 처음 볼 때는 그저 산이다. 그러니까 산의 참모습을 보지 못하는 것이다. 그런데 어느 시점에 이르면 비로소 보인다. 숲은 숲대로, 골짜기는 골짜기대로, 푸른 것은 푸른 대로, 붉은 것은 붉은 대로. 그러다가 법정은 본래라는 생각을 했다.

본래 뭐가 붉다는 것이야? 어디가 푸르다는 것이야? 색맹에게 저 붉은 것이 푸르게 보일 수가 있다면 우리 눈이 보는 것은 가상이다. 내가 붉다거나 푸르다거나 하는 것은 마음이 그렇게 볼 뿐이다.

그제야 비로소 알 것 같았다. 아하, 봄이 와도 봄을 보지 못하는구나. 여름이 가도 여름이 가는 걸 보지 못하는구나. 그저 '오는가 보다, 가는가 보다' 그러고만 있구나. 겨울이 가면 솜옷은 벗어야 한다. 그러나 아직도 솜옷을 입고 있다. 벗어던져야 하는데 벗어던지지 못하니 계절을 깨치지 못한다. 그게 미망인가? 아아, 내 마음의 봄을 찾아야 한다. 그런데 여전히 겨울이다. 나는 저 산을 마음으로 보지 못하고 거짓말쟁이 눈에 내 모든 것을 맡겨놓고 있다. 그러니 봄이 와도 봄을 모른다. 산은 산이 아니고, 물은 물이 아니다. 바로 보는 것이 하나도 없다. 내 자신을 바로 보지 못하니 바로 보일 리 없다. 그저 살아갈 뿐이다.

더우면 옷을 벗고 배고프면 밥 먹고 잠이 오면 잠자고,

그게 개와 무슨 차이가 있을까? 우리의 일상이 도라는 놈들. 그러나 성철 스님이 보는 산은 그 산이 아니다. 그 물이 아니다. 문제가 거기 있다.

넨장 할!

누구야, 이 작자?

법정이 그러는 사이 구산 사형은 탄허 스님의 말 따위는 개의치 않고 살아갔다. 그는 1969년 4월 송광사에 조계총림이 설립되자 61세 나이에 초대 방장이 되어 들어앉았다. 그해 9월 5일 총림의 후원 단체인 '불일회佛日會'가 창립되자 총재 겸 총회장에 취임하며 효봉 스승의 유지를 그대로 받들었다. 희미해져가는 호남 불교에 기운을 불어넣기 시작한 것이다. 송광사는 보조국사 이래 연면히 계승되어온 승보도량의 면모를 확립하기에 이르렀으니, 효봉 스승의 유지를 그대로 계승한 셈이었다.

법정은 시 〈초가을〉을 발표한 후 불교신문사에서 내미는 손을 잡았다. 1970년이었다. 법정은 《불교신문》의 주필을 맡았다. 칼럼도 쓰고, 여러 편의 글을 대중이 읽기 쉽게 쓰기 시작했다.

1971년, 월남전 파병을 반대하는 칼럼으로 불교계가 벌컥 뒤집혔다. 당시 박정희 대통령이 월남 파병을 결정하자 불교계는 호국 불교의 전통 운운하면서 월남으로 떠나는 장병의 무운을 비는 대규모 법회를 열었다. 이에 법정은 반기를 들었다.

그때 종정은 목포 정혜원 원장이던 서옹 스님이었다. 승이 된 후 그분을 몇 번 만날 기회가 있었는데, 어느 사이에 한국 불교의 종정이 되어 있었다. 전시에 버금가는 안보 동원 체제는 불교계라고 해서 비켜 가지 않았다. 예부터 내려오는 호국불교 어쩌고 저쩌고 하면서 불교계가 자발적으로 정부의 안보 정책에 참여하던 상황이었다. 자연스레 종단은 군사 체제로 편제되었다. 스님들은 졸지에 승병僧兵이 되었다. 임진왜란 때 나라를 구하기 위해 출병한 스님들처럼 승병이 된 것이다. 종단의 중진 스님들도 승복을 군복으로 갈아입었다. 그뿐만이 아니었다. 병영에 입소해 사격 훈련을 받아야 했다. 사찰이 향토예비군으로 편성되었다. 나이 든 스님들이 예비군복을 입고 소총을 멘 채 문화재를 지키는 훈련을 받았다.

법정은 살생을 금기로 하는 불교계가 어떻게 살생을 하

러 가는 군인의 무운을 빌 수 있느냐고 꼬집었다.

대통령이 눈에 불을 켜고 대로했다.

"누구야, 이 작자?"

"《불교신문》 주필입니다."

"뭐야? 당장에 책임자 불러와."

책임자가 청와대로 들어가자 대통령은 노골적으로 불편한 심기를 드러냈다.

"당장 그 자를 끌어내리시오."

책임자인 불교계의 높은 스님도 어쩔 수 없는 일이었다.

대통령에게 질책을 당하고 왔다는 말에, 법정은 역정을 내며 한마디 일갈하고 스스로 물러났다.

"더러운 세상, 칼이 붓을 꺾는구나. 내가 더 있어 무엇할 것인가." 그는 주필에서 물러났지만 붓을 놓지는 않았다. 첫 번째 저서 《영혼의 모음》이 발간된 것은 1972년이었다.

바로 그해에 법정은 서경수 동국대 교수와 의기투합했다. 탄허 스님을 만난 후로 경전을 쉽게 번역하여 중생에게 전달해볼까 고민해왔고, 1960년대부터 불교 초기 경전인 《숫타니파타》 등을 한글로 번역했다. 그러다 1972년에 이르러서야 법정과 서경수 교수는 전인미답인 해인사대장경판의 한글 번역 작업을 해보자고 뜻을 모은 것이다. 두 사람은 팔만대장경을 한 권에 담아보자며 작정하고 달라붙었다. 동국대 강사로 있는 정병조 교수가 일을 도왔다. 작업은 주로 호텔에서 이루어졌다. 풍전호텔 주인인 이한상 씨가 배려를 해주었기 때문이다.

일을 시작하자 그전부터 《화엄경》을 대승심으로 번역하고 있던 탄허 스님의 고통이 손에 잡힐 듯했다. 누구도 개척한 바 없는 신천지다 보니 곳곳에서 막혔다. 불경 앞부분에 석가모니 부처님의 생애를 넣고 뒷부분에 난해한 《화엄경》을 발췌해서 넣어야 하는데, 여러 부분에서 의견이 맞지 않았다. 외국 서적의 사례를 뒤지며 토론하고 의견을 나누었지만 다투기 일쑤였다.

2년간의 난고 끝에 드디어 책이 태어났다. 그동안 법정은 너무 무리하는 바람에 눈병을 얻었다. 병원을 세 군데나 옮겨 다닌 뒤에야 간신히 고칠 수 있었다.

1973년에 법정은 대한불교조계종 기관지인 불교신문사 논설위원과 주필직을 다시 맡았다. 그동안에도 경전 번역은 계속되었다. 그것이 《우리말 불교성전》이다. 비로소 우리말로 볼 수 있는 불교성전이 태어난 것이다. 한문을 모르는 사람들도 한글로 불경을 읽게 되었다. 불공이나 다니며 기복신앙에 젖어 있던 사람들도 불교가 어떤 종교인지 알 수 있게 된 것이다. 책이 출간되었고, 분명

두 사람이 공동 역자지만 책에는 이름자를 넣지 않았다.

"팔만대장경을 새긴 사람들이 어디 자기 이름을 새겼던가?"

법정의 말에 작업에 참여한 이들은 두 손을 들었다. 결국 저자 대신에 '불교성찬위원회'라는 이름이 붙었다.

그 후로도 초기 경전을 번역하면 자기 이름이 아닌 도와준 사람의 이름을 넣곤 했다. 그는 철저하게 무주상보시無住相布施(자신을 내세우지 않는 보시)를 실천했다. 그때부터 이미 무소유 정신을 철저히 지켰던 것이다.

불교성전을 완간하던 그해에 안 이들이 함석헌과 장준하였다. 여우를 피하면 범을 만난다던가. 이승만 정권이 물러났지만 얼마 안 있어 군사독재 정권이 들어서고 그들의 만행은 갈수록 심화되었다. 민주주의를 위해 지식인들이 뭉치기 시작했다. 그 핵심 인물이 바로 함석헌과 장준하였다. 함석헌은 한국의 대사상가이자 문필가였고, 장준하 역시 그에 못지않은 인물이었다.

법정은 장준하를 처음 만나보고 참 지적인 사람이라고 느꼈다.

학창 시절《사상계》를 즐겨 읽은 탓에 장준하가 그렇게 낯설어 보이지 않았다. 굵은 검은테 안경을 쓴 얼굴이 무척 맑았다. 친분이 깊어질수록 법정은 그의 순수한 열정에 깊은 감명을 받았다.

1918년 의주에서 태어난 장준하는 본시 반골 기질이 강한 인물이었다. 1944년 일본군에 학도병으로 끌려가 관동군에 배치되었으나 목숨을 걸고 탈출할 만큼 강골이었다. 대한민국 정부 수립 이후 제1공화국의 국민사상연구원에서 근무하다《사상계》를 창간했고, 5·16군사정변으로 제 2공화국이 붕괴되자 모든 공직에서 물러나 언론활동에 종사했다. 그러다 법정을 만난 것이다.

함석헌 선생을 만난 것은 장준하가 운영하는《사상계》사무실에서였다.

그때가 1964년, 한일 국교 정상화를 반대하던 해 봄이었다. 법정보다 한 걸음 늦게 들어선 함석헌을 장준하가 반갑게 맞았다.

"어서 오십시오, 선생님. 어디서 오시는 길입니까?"

"동국대학교에서 강연을 하고 오는 길일세."

장준하가 어색해하는 법정을 함석헌에게 소개했다.

군사독재에 반대하는 두 지식인과의 만남. 권력의 실세 박정희. 박정희는 장준하와 매우 비교되는 인물이었다. 한 사람은 1917년생, 또 한 사람은 1918년생이었다. 두 사람 다 식민지 치하에서 젊은 날을 보내고 약속이나 한 듯이 둘 다 소학교 교사를 지냈다.

법정은 장준하와 함석헌을 가까이하면서 민주수호국민협의회와 유신철폐 개헌서명운동에 참여했다.

민주수호국민협의회는 1971년 4월 19일 결성되었지만, 이미 1971년 4월 8일에 결성을 합의하는 식이 있었다. 그날 오후 7시, 서울 YMCA 8층 회의실에는 학계, 언론계, 법조계, 종교계, 문학계 등 각계를 망라한 저명인사들이 속속 모여들었다.

이내 결성 합의식이 거행되었다. 사회는 동아일보사 천관우 이사가 보았다. 이병인 변호사의 개회사와 이병용 변호사의 경과보고가 있은 후에 김재준 목사의 민주수호 선언 낭독과 조향록 목사의 만세삼창으로 끝이 났다. 골자는 4·27 대통령선거, 국회의원 선거에서 공명을 다짐하는 민주수호선언을 채택하고 '민주수호국민 협의회'를 결성하는 데 합의한다는 것이었다.

민심 이반 현상이 나타나면서 학생과 야당 정치인, 학계, 법조계, 종교계 등 각계의 대정부 비판 세력이 한목소리를 내기 시작하자 정부는 당황했다.

어용화된 불교 종단에서는 그런 법정을 마치 무슨 보균자처럼 취급했다. 기관원들이 절에 상주하다시피하면서 감시하고 걸핏하면 연행해 괴롭혔다.

반유신운동의 확산으로 위기의식을 느낀 박정희 정권

은 1974년 비상적 헌법 조치인 긴급조치 4호를 발령했다.

당시 반유신운동을 주도한 학생운동단체가 바로 '민청학련'이었다. 특정 운동 세력만이 아닌 종교계와 학계, 노동계, 재야 세력 등이 광범위하게 연계하여 민주·통일운동의 토대가 되기 시작하자, 박정희 정권은 민청학련을 어떻게 처리할 것인가 고민하던 끝에 10년 전의 '인혁당' 사건을 기억해냈다.

정확히 10년 전인 1964년 8월 14일, 중앙정보부는 혁신계 인사와 언론인, 교수, 학생 등 41명을 체포하여 이들이 인민혁명당을 결성하고 국가 전복을 도모했다고 발표했다. 당시 정국은 한일회담 반대 시위로 들끓었는데 난데없이 인혁당 사건이 터진 것이다. 이때까지만 해도 박정희 정권은 사람을 죽이지는 않았다. 당시 이 사건을 담당했던 검사들도 네 명 중 세 명이 양심상의 이유로 사표를 제출했고, 사법부도 기소된 57명 중 12명에게만 가벼운 형량을 선고했다.

그러나 1974년에 터진 제2차 인혁당 사건은 양상이 달랐다.

1974년 4월 3일, 중앙정보부는 민청학련과 관계된 교수와 학생 등 무려 254명을 구속했다. 민청학련이 북괴의 조종을 받아 인혁당을 재건하고 재일 조총련계 및 일본 공산당, 국내 좌파, 혁신계 인사를 복합적으로 이용해 대한민국 정부를 전복하려 했다는 것이다.

1974년 5월 27일, 사건 연루자들은 비상군법회의를 통해 국가 보안법, 반공법 위반, 내란죄, 내란선동 등으로 기소되었다. 그리고 주모자로 지목된 우홍선, 송상진, 서도원, 하재완, 이수병, 도예종, 김용원, 여정남에게 사형이 선고되었다.

1975년 4월 8일, 대법원에서 상고심이 열렸다. 대법원은 관련자 254명 중 36명에게 실형을 선고하고, 도예종 등 여덟 명에 대해서는 사형을 확정했다. 그 이튿날 가족을 만날 기회조차 주지 않고 새벽 4시부터 이들 여덟 명을 차례로 사형시켰다. 시신조차 가족에게 돌려보내지 않고 벽제 화장터에서 불살라버렸다. 사법 사상 전례 없는 일이었고 수치스러운 일이었다. 최소한의 양심과 정의와 인권이 철저하게 짓밟힌 비극적인 날이었다.

전국이 들끓었다. 몇 달을 어떻게 보냈는지 몰랐다. 여름이었다. 정확히 그해 8월 17일, 어이없는 일이 다시 일어났다. 장준하의 죽음이었다.

법정이 달려갔을 때 장준하는 두 손을 가슴에 나란히 얹고 있었다. 자는 듯 누워 있었다. 편안한 모습이었다.

경기도 포천 약사봉에서 추락해 사망했다고 했다. 어이가 없어 말이 나오지 않았다.

경찰은 실족사라고 발표했지만 뭔가 의심스러운 구석이 많았다. 왼쪽 귀밑이 약간 찢어진 것 외에는 아무 상처도 없었다. 높은 곳에서 추락한 시신이 아니었다. 부검 결과도 그렇게 나왔다. 귀 뒤에 뭔가로 얻어맞은 듯한 자국이 있을 뿐 높은 절벽에서 추락한 사람의 몸이 아니었다. 전국이 술렁거렸다. 정권에 의해 살해되었다는 말들이 나돌았다. 《동아일보》 장봉진 기자가 의문을 제기하다 유언비어 날조 및 유포 행위로 구속되기까지 했다.

그 모습을 보면서 법정은 할 말을 잃었다. 겁쟁이라는 말이 떠올랐다. 개도 겁 많은 개가 사람을 문다. 저들의 발악이 그런 것 같았다. 어쩌다 나라가 이렇게 되어가는가, 하는 생각을 하다 보면 어느새 새벽이 눈앞에 와 있곤 했다.

불교에서는 참다운 인간 형성을 위해 인간을 세 갈래로 분류해 제도한다. 수성인간獸性人間, 용성인간勇性人間, 신성인간神性人間. 세속에 물들어 동물적인 성정으로 꽉 찬 인간이 수성인간으로, 철저한 금계가 필요한 이들이다. 이들과 반대되는 인간이 용성인간이다. 수신 교양에 전념할 수 있는 상태이긴 하지만 아직은 수양을 열심히 닦아야 할 인간. 신성인간은 일체에 물들지 않을 정도로 수양이 된 인간을 말한다.

그래도 그렇다. 이 저자 바닥이 수성인간으로 들끓고 있다는 걸 왜 몰랐을까. 너무 잘 알았기에 적어도 용성인간이 사는 세상을 만들어보려고 승가에 몸을 담았다. 그리고 여기까지 왔다.

그러나 세상은 그대로다. 누구의 책임인가? 그들을 제도할 힘이 모자라기 때문이라면 분명 이 세상을 구하려는 보살심이 결여된 것이다. 세상을 구하려는 보살심에 문제가 있다면 그 책임이 누구에게 있는가.

오늘도 그들을 구해야 하는 수행자의 대부분은 불상 앞에 불전함을 놓고 중생을 현혹하고 있다. 적당히 짐승의 심성에 기름을 붓고 있다. 그들의 권력욕, 그들의 탐진치貪瞋癡를 적당히 발효시키고 있는 것이다.

어이해야 할까? 어떻게 해야 하는 것일까?

그런 생각이 들자 예전에 《대한불교》에 한 달에 한 번씩 연재하던 설화 한 토막이 떠올랐다. 어쩜 이렇게 그 설화와 똑같은가.

그때 꼭 이렇게 썼었다.

<불교설화> 장수왕

원한을 원한으로 갚으려 하면

원한은 그칠 새가 없다.

다만 원한을 버림으로써 그치나니

이 법은 영원히 변치 않으리라.

〈법구法句 오게伍偈〉

1

옛날 중인도에 '코오살라아'라고 하는 큰 나라가 있었는데 그 나라 임금인 '장수왕長壽王'에게는 '장생長生'이라는 태자가 하나 있었다.

이 나라 임금님은 대단히 자비스러워서 어진 정치를 베풀었기 때문에 백성들은 누구나 할 것 없이 어버이처럼 섬겼다. 이와는 반대로 이웃나라 '카아시'의 '브라흐마닷타' 왕은 아주 포악하고 그 위에 나라 안은 흉년이 거듭 들어 백성들의 살림살이는 말할 수 없이 가난했다. 인심은 흉흉하여 못살겠다는 백성들의 원성이 날로 높아갔다. 그러기 때문에 어느 때고 '코오살라아' 나라를 눈앞의 밥으로 탐탐히 노리고 있었다.

그러던 어느 날 '카아시'의 브라흐마닷타 왕은 갑자기 군사를 일으켜 평화로운 코오살라아를 향해서 쳐들어가고 있었다.

이 소식을 들은 코오살라아 나라는 벌컥 뒤집혔다. 신하들은 놀라서 즉각 임금님께 출병하기를 간청했다.

그러나 장수왕은 허락하지 않았다.

"나는 전쟁을 하고 싶지 않다. 전쟁을 해서 아무것도 모르는 착한 백성들을 죽이거나 재산을 불태우기보다는, 차라리, 이대로 모든 것을 브라흐마 닷타에게 내맡겨버리는 편이 나으리라. 사랑하는 백성들을 아무렇게나 전쟁의 희생물로 만들고 싶지 않노라."

여러 신하들이 입을 모아

"상감마마, 반드시 이길 자신이 있읍니다. 저희들을 부디 싸움터로 보내 주십시오!"

하고 두 번 세 번 간청하였다. 그러나 임금님은 한결같이 대답할 뿐이었다. "가령 우리나라가 싸움에서 이긴다 하자, 그렇지만 저쪽이나 이쪽이 다 같이 수많은 사상자를 낼 것은 뻔한 일이 아니겠느냐. 목숨을 소중히 여기고 아끼기란 누구나 마찬가지 심정이리라. 자기 혼자만의 욕심을 채우려는 것은 어진 이로서 취할 태도가 아니니라."

그러나 혈기 찬 신하들은 임금의 간곡한 만류에도 듣지 않고 마침내 공격의 불을 뿜었다.

임금님은 이 모양을 보고 개탄하고 이 일 저 일 깊이 생각한 끝에 태자 '장생'을 불러 말했다.

"신하들은 내 말을 듣지도 않고 싸움터로 나가버렸다. 이제부터 우리는 함께 왕궁을 떠나 몸을 숨겨야겠다."

임금과 태자는 몸을 변장하고 산중 깊숙히 숨어버렸다. 임금님을 잃어버 린 코오살라아 군사의 사기는 급히 꺾이어 하는 수 없이 브하흐마닷타의 지배 아래 들게 되었다.

그러나 그는 코오살라아를 지배하면서도 그 임금 '장수왕'을 죽여버리지 않는 한 마음을 놓을 수가 없었다.

그리하여 나라 안에서 포고령을 내리고 장수왕의 머리를 현상걸어 찾도록 하였다.

2

산중으로 들어간 장수왕은 어느 날 한 사람의 바라문과 마주쳤다. 바라문은 그가 장수왕인 줄도 모르고 이렇게 물었다.

"나는 이 나라의 장수왕이 무엇이든지 보시를 잘한다는 소문을 들었읍니다. 장수왕께서는 지금도 보시를 잘하는지 어떤지 그 실정을 좀 들려주실 수 없겠습니까……."

장수왕은 멀리서 자기를 찾아온 나그네를 가엾이 생각하고

"내가 바로 그 장수왕입니다. 지금은 다른 나라 왕에게 나라를 빼앗겨버리고 이렇게 망명하고 있는 중이라서 드릴 만한 것을 갖고 있지 못해서 죄송하군요. 어떻게 해서든지 당신에게 무엇이고 드리고 싶읍니다만……." 하면서 한참을 생각하였다.

이윽고 결심하고 나서 바라문에게 말했다.

"이 나라의 새 임금은 내 머리에 많은 돈을 걸고 찾고 있답니다. 이 머리를 베어 가지고 가서 상금을 타십시오. 지금 내게는 이 밖에는 아무것도! 가진 것이 없으므로 이 머리를 보시하겠읍니다."

이 말을 들은 바라문은 깜짝 놀랐다. 그러한 일은 할 수 없다고 거절하면서 돌아가려고 하였다. 장수왕은 바라문의 손을 붙잡으면서 거듭 말했다.

"사람이란 언제 죽을런지 알 수 없는 것, 언젠가는 나의 목숨도 누구에게 붙잡혀 죽을 운명에 놓여 있읍니다. 그러니 이 머리로써 상금을 받아주십시오. 부디 내 마지막 보시를 거절하지 말아주십시오."

바라문은 장수왕의 간곡한 말을 듣고 느껴 울었다. 그렇지만 자기 손으로 머리를 벨 수는 없다고 생각하였다.

장수왕은 그의 심경을 알아채고 이렇게 말했다.

"그럼 어떻게든지 나를 묶어서 임금이 있는 곳으로 데리고만 가십시오."

바라문은 어쩔 수 없이 장수왕을 데리고 왕성으로 가서 새 임금에게 넘겨 주었다. 그 댓가로 많은 돈을 받았지만 마음은 결코 가벼울 수가 없었다. 장수왕이 붙들려 사형에 처하게 된다는 소문이 삽시간에 온 나라 안에 번졌다. 예전 신하들은 이제는 하는 수 없다고 단념할 수밖에 없었다. 마지막으로 장수왕에게 공양을 올릴 것과 시체를 자기들의 손으로 장사 지낼 것을 새 임금에게 청해

간신히 허락을 얻었다.

한편, 산속에 피신해 있던 태자 '장생'의 귀에도 이 소문이 전해졌다. 그는 나뭇꾼으로 위장하고 형장으로 달려가 군중 속에 끼어 아버지의 모습을 애끓는 마음으로 바라보았다.

아버지 장수왕은 멀리서 아들 장생의 마음을 살피고 누구에게 하는 것 같지 않게 혼자서 말했다.

"어버이의 가르침을 그대로 지키는 것은 자식된 도리이니라. 나는 결코 누구에게 원한을 품고 죽는 것은 아니다. 즐거워하면서 죽어간다. 만약 나를 위해서 장차 복수하는 일이 있다면 비극은 언제까지고 되풀이될 것이니 부디 그러지 말아다오……"

이 말을 남기고 장수왕은 형장의 이슬로 살아졌다.

3

아버지가 죽은 뒤부터 '장생'은 번민의 나날을 보냈다. 아버지의 유언을 지켜야 할 것이냐, 아니면 아버지의 원수를 갚아야 할 것이냐? 이 두 갈래 길에서 장생은 괴로와하고 있었던 것이다.

그러나 아무래도 아버지의 원수 브라흐마닷타를 그대로 버려둘 수는 없었다.

그는 브라흐닷타가 깊이 신망하는 신하의 집에 일꾼으로서 들어가 살기로 했다. 얼마 안 가서 일꾼에서 요리인으로 올라갔다. 어느 날 그가 만든 요리가 임금의 눈에 띄게 되어 그때부터 그는 임금님의 가까운 시종으로 채용되었다.

브라흐마닷타는 자기의 시종이 장생 태자인 줄은 차마 모르고 하루는 그에게 이런 말을 하였다.

"사실은 내게 한 사람의 적이 있다. 저 장수왕의 장생이란 녀석이 들리는 말에 의하면 어떻게 해서든지 나를 죽이겠다고 노리고 있다는구나. 너는 내 가까운 시종으로서 무술을 잘 익혀두어 만일의 경우에 대비하도록 하여라."

이날부터 젊은 시종(장생)에 대한 임금의 신망은 날로 두터워갔다.

가을이 깊어가는 어느 날 임금은 여러 신하와 시종들을 거느리고 사냥을 나가게 되었다. 장생도 함께 가게 된 것은 말할 것도 없다. 그는 더할 나위 없는 기회를 마련하기 위해 임금과 단둘이만 있도록 꾀했다. 장생은 일부러 길을 잘못 들어 산골 깊숙히 들어가고 있었다. 임금은 얼마 아니해서 피로한 몸을 쉬자고 했다. 그리하여 마침내는 장생의 무릎을 베고 열은 잠에 들게 되었다.

장생은 이 순간을 잊지 않았다. 지나간 몇 해를 두고 이러한 때가 오기를 얼마나 고대했던가! 지금이야말로 아버지의 원수를 갚을 그때라고 칼에 손을 댔다.

이때 번쩍 아버지의 유언이 번갯불처럼 그의 머리를 스쳤다.

'아!' 하고 생각한 순간 그는 뜻밖에 빼 들었던 칼을 떨어뜨리고 말았다. 브라흐마닷타는 그때 마침 잠에서 선뜻 깨어나 혼자말처럼 중얼거렸다.

"꿈속에서 장생이 나를 죽이러 왔더구나."

그리고는 이내 깊은 잠에 떨어져버렸다. 이때를 놓칠 수 없다고 생각한 장생은 다시 칼을 빼어 들었다. 그런데 이상하게도 아버지의 마지막 그 목소리가 다시 들려오는 것이다.

"… 만약 나를 위해서 장차 복수하는 일이 있다면 비극은 언제까지고 되풀이될 것이니 부디 그러지 말아다오……."

그렇지만 장생은 두 번 세 번 같은 일을 되풀이하였다. 그때마다 임금도 또한 무서운 꿈에 쫓겨 깨어나곤 했다.

장생은 마침내 칼을 던져버리고 임금 앞에 꿇어 앉아 지금까지 지나온 일들을 죄다 말해버렸다.

"상감마마, 제가 바로 장생입니다. 저의 아버지는 상감에게 처형되었지마는, 원한을 품거나 복수해서는 안 된다고 말씀하셨습니다. 저는 어떻게든지 상감의 목숨을 빼앗으려고 하였으나, 그때마다 아버지의 유언이 생각되어 어떻게 할 수가 없었습니다. 상감마마, 어서 저를 죽여주십시요."

이 말을 듣고 브라흐마닷타는 비로서 뉘우침의 오랜 잠에서 깨어나게 되었다. 장생을 끌어안고 감개의 눈물을 뿌렸다.

어떤 영문인지도 알 수 없이 이 광경을 보고 모여든 신하들을 향해서 임금님은

"이 젊은이는 다름 아닌 '장생' 그 사람이다. 오늘부터 나하고

는 형제가 되었노라. 나는 다시 예전의 '카아시'로 돌아가고 이 '코오살라아'는 장생에게 돌려주노라."고 선언하고 지금까지의 일을 낱낱이 들려주었다.

깊숙한 산골에서는 곱게 물든 잎이 한 잎 두 잎 시나부로 지고 있었다.

×××

여기에 나오는 장수왕은 부처님의 전신이고 장생 태자는 아난 존자이며 브라흐마닷타는 부처님을 괴롭히던 '데바닷타'라고—.

—《장수왕경長壽王經》에서

_소소산인, 《대한불교》, 1964년 1월 1일.

그러고 보니 이 글이 설화 가운데 가장 길게 쓴 것이 아니었을까 싶었다. 여전히 푸성귀 냄새가 물씬 풍기는 글이었다. 맞춤법이나 띄어쓰기조차 되어 있지 않다. 글의 이음새도 제대로 안 된 곳이 여기저기 보였다.

이 글의 수준이 어느 정도인지, 정말 왜 그때는 보이지 않았을까. 그때는 쉽게 불가의 진리를 전하겠다는 생각뿐이었다. 그러니 자신이 쓰는 설화들이 어느 정도인지 알았을 리 없다. 그저 최고라는 생각만 했으니까. 세상에 나가면 하나같이 손뼉을 쳐줄 줄만 알았으니까. 그 생각만

하면 얼마나 행복했던지.

그러나 지금도 세상은 어렵게 돌아가고 있다. 꼭 그때의 서툰 이 글처럼. 지금 장수왕은 어디에 있는가? 도대체 어디에 있는가? 죽고 죽이고, 울고 웃고, 웃고 울며 살아갈 수밖에 없는 인간의 업보. 무섭다는 생각이 들었다. 참으로 무섭다는 생각이 들었다.

〈2권에 계속〉